中国地方文化研究资料系列丛书

滇南往事——曲靖乡土题材剧作集

袁燚 ◎ 著

西南交通大学出版社
·成都·

图书在版编目（CIP）数据

滇南往事：曲靖乡土题材剧作集 / 袁燚著. 一成都：西南交通大学出版社，2019.6
（中国地方文化研究资料系列丛书）
ISBN 978-7-5643-6962-0

Ⅰ. ①滇… Ⅱ. ①袁… Ⅲ. ①剧本 – 作品综合集 – 中国 – 当代 Ⅳ. ①I230

中国版本图书馆 CIP 数据核字（2019）第 136736 号

中国地方文化研究资料系列丛书
DIANNAN WANGSHI——QUJING XIANGTU TICAI JUZUOJI
滇南往事——曲靖乡土题材剧作集
袁 燚 著

责任编辑	居碧娟
助理编辑	何宝华
封面设计	原谋书装
出版发行	西南交通大学出版社
	（四川省成都市金牛区二环路北一段 111 号西南交通大学创新大厦 21 楼）
发行部电话	028-87600564　028-87600533
邮政编码	610031
网址	http://www.xnjdcbs.com
印刷	四川煤田地质制图印刷厂
成品尺寸	170 mm×230 mm
印张	10.5
插页	4
字数	160 千
版次	2019 年 6 月第 1 版
印次	2019 年 6 月第 1 次
书号	ISBN 978-7-5643-6962-0
定价	58.00 元

图书如有印装质量问题　本社负责退换
版权所有　盗版必究　举报电话：028-87600562

前　言

或许距离真能产生美。作为一个北方人，初来曲靖便一见倾心。

曲靖很美，如同一位豆蔻年华的女子，清澈而纯粹，质朴而天真。当你翻开厚厚的历史典籍，会惊诧地发现，这片瑰丽的红土地上不仅有旖旎的风光、洁净的空气、宜人的气候、碧蓝的天和绿树繁花，还有着与众不同的历史和璀璨的文化。

四亿年前，曲靖曾是一片温暖的海洋。近年曲靖大量出土了种类众多的远古鱼类化石，引起了国内外专家的关注重视，被誉为"鱼的故乡"。历经时光流转，沧海桑田，曲靖现在已成为一片美丽安宁的高原。这里深居乌蒙山脉，地处珠江源头，素有"滇黔锁钥""云南咽喉"之称，是汉、彝、布依、壮、苗、瑶等民族的家园。众多民族在这里和睦相处、相互融合，滋养和孕育出独特的爨文化、铜商文化，拥有以爨宝子碑、爨龙颜碑为代表的9项国家级保护文物。

对于写字成瘾的人而言，身处这片历史文化的沃土，是幸福的。2016年以来，我开始创作曲靖本土题材话剧、舞剧，在此期间，不仅得到了曲靖市委宣传部的支持和鼓励，也得到了曲靖师范学院杨黔云、孙健灵、王瑰、张建民等多位历史专业学者专家的指导和帮助。创作是艰辛而快乐的，与古人交谈，倾听他们的故事，感受他们的喜怒哀乐，触摸他们的脉动和呼吸。历经三年，于2019年，我完成了本书收录的七部舞台剧剧本，在历史学研究的基础上，艺术化重现曲靖厚重的历史文化。

曲靖的美丽与独特，令人倾倒。这本书仅仅是一个开端和一些零星的片段。我会继续写下去，用手中的笔倾诉对她的赞叹。

袁燚

《铜之骨》剧照 1

《铜之骨》剧照 2

《铜之骨》剧照 3

《铜之骨》剧照4

《漈漪之恋》剧照

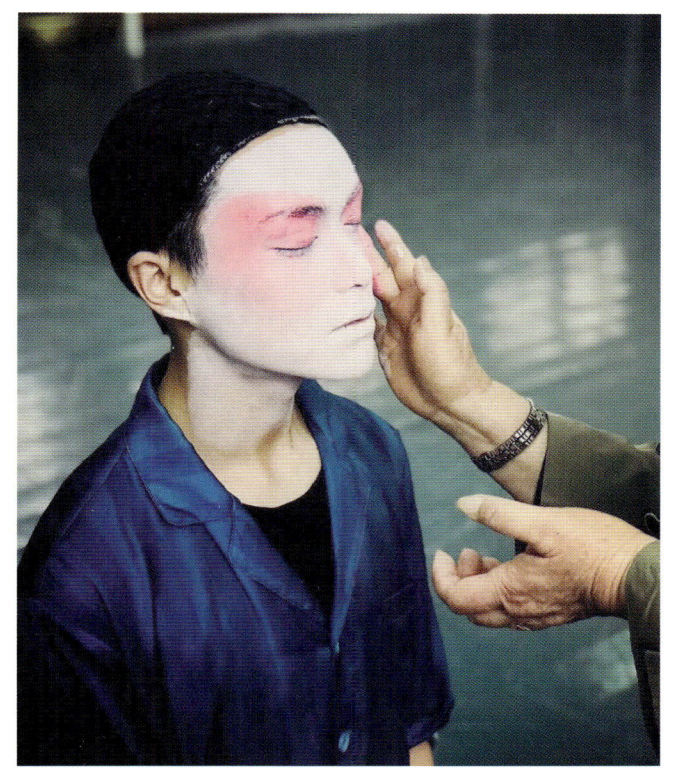

日常训练及幕后工作 1

日常训练及幕后工作 2

日常训练及幕后工作 3

日常训练及幕后工作 4

目 录

话剧《乌蒙镌铭》 ··· 1
    序　幕 ··· 3
        第一幕　喜　宴 ··· 5
        第二幕　抢　婚 ··· 9
        第三幕　撕　裂 ··· 18
        第四幕　别　离 ··· 24
        尾　声　会　盟 ··· 28

话剧《铜之骨》 ··· 31
    序　幕 ··· 33
        第一幕　工匠精神与为商之道 ······························ 34
        第二幕　个人利益与国家尊严 ······························ 49
        第三幕　守土之心与为人之骨 ······························ 62

话剧《淬火的朵洛荷》 ··· 74
    序 ·· 75
        第一场　祭神求雨 ··· 77
        第二场　寮祭祈雨 ··· 86
        第三场　劫寨救人 ··· 92
        尾　声　淬火的朵洛荷 ·· 97

话剧舞剧《漾濞之恋》——沧海珠有泪　亘古未了情 ····· 103

话剧《爨之魂》 ··· 114
        第一幕　南迁 ·· 117
        第二幕　落足 ·· 120
        第三幕　牺牲 ·· 126
        第四幕　轮回 ·· 131
        第五幕　辨符 ·· 138
        尾　声 ··· 140

舞剧《羿之魂》·············· 142
 序 幕 山·月·············· 144
 第一场 恋·别·············· 145
 第二场 喜·宴·············· 147
 第三场 初·解·············· 149
 第四场 放·逐·············· 150
 第五场 乞·和·············· 151
 第六场 生·死·············· 153
 尾 声 征·讨·············· 154
话剧《松林驿》·············· 156

话剧《乌蒙镌铭》

创作立意

本剧以著名的"段氏与三十七部会盟碑"为创意要点,以会盟前后的变故为主线,以"民族融合、和平共处"为创作核心主旨,在暗流涌动的政治风暴中演绎跌宕起伏的爱情故事。本剧将濒临失传的"爨乡古乐"和彝族抢婚仪式融入剧情之中,营造轻松愉悦氛围的同时,充分展现曲靖丰厚的历史底蕴、彝族璀璨的历史文化。在挖掘和弘扬云南少数民族文化、部族文化、会盟文化的同时,彰显民族团结的精神。

时代背景

北宋初年,滇东、滇中、滇南等地,三十七个以彝族为主的兄弟部落迅速崛起,依托石城优越的自然条件,汲取原有古爨国的经济文化积淀,人口数量、经济实力及军事力量都迅速提升,逐渐成为当地最强盛的部落,史称东爨乌蛮三十七部。三十七部通过向大理国王纳贡、征发本领地内兵役和劳役等形式,获得了大理国的庇护。大理国以联姻、封赐等形式将这些部落纳入自己的统治集团。北宋初年,滇边发生叛乱,大理国与三十七部合力征讨,平定了叛乱,各部胜利归来。

故事梗概

北宋初年,东爨乌蛮三十七部随大理国平叛归来,即将举行会盟,然而,战争之后的政局面临着重新洗牌,因各部对财富和权力的窥觎,一场巨大的政治风暴正在酝酿。磨弥长公主沙马沙依本是一个单纯的少女，只想和心爱的人共度一生。但兄长战死，父亲暴亡，她猝不及防地被推上了鬼主之位，陷入了政治斗争的漩涡。突然的变故，沙马沙依不得不迅速成长，逐渐看清了掩藏在刚强背后的温柔、掩藏在温情之后的残忍。沙马沙依决定承担起大鬼主的责任，以流传千古的彝人古乐和彝汉礼仪教化子民，与三十七部歃血为盟，相约和平共处，永结盟好，以一块流传千古的"段氏与三十七部会盟碑"见证对和平的向往和追求。

故事大纲

第一幕（部族利益与个人幸福）：三十七部随大理国前往滇边平叛，磨弥部损失惨重，王子战死，鬼主也身受重伤。各部都希望在会盟中争取更多利益，磨弥鬼主却因不久于人世，急于操办长公主沙马沙依与罗鸠部三王子拉诺的婚礼，以确保磨弥部后继有人，女儿终身有靠。

第二幕（真假抢婚与生死离别）：沙马沙依与拉诺婚礼当日，正在举行"抢婚"仪式，三十七部大鬼主阿力威突然带兵赶到，要沙马沙依与自己结婚。喜娇妹为保护姐姐，误杀阿力威胞弟；拉诺又因刺杀阿力威被擒。在争斗中，磨弥鬼主箭伤发作吐血而亡。沙马沙依被推上磨弥鬼主之位，为保护部落和拉诺，她只好答应与阿力威结婚。

第三幕（儿女私情与家国大爱）：尽管阿力威百般疼爱沙马沙依，但她仍视他为杀父仇人。长老王和喜娇妹却证实，拉诺虽钟情沙马沙依，但更欲得到权力和鬼主位，甚至不惜杀死磨弥王子、偷袭磨弥鬼主，如今正纠集十余部落，阴谋挑起战争。阿力威为了三十七部免遭战火涂炭，不惜以身赴死，助沙马沙依成为大鬼主。沙马沙依决定承担起大鬼主之责，铲除叛乱，以流传千古的彝人古乐和彝汉礼仪教化子民，与三十七部歃血为盟，相约和平共处，永结盟好，以一块流传千古的"段氏与三十七部会盟碑"见证对和平的向往和追求。

人物简介（主要人物6人）

沙马沙依：女。十五六岁。彝族，磨弥部长公主。在磨难中成长为一代女鬼主。

阿 力 威：男。二十多岁。彝族，师宗部鬼主、三十七部大鬼主。外表彪悍，内心仁慈，甘为部族和平献身大义。

拉　　诺：男。二十多岁。彝族，罗鸠部三王子。钟情沙马沙依，更在乎鬼主之位。为达目的，不惜杀害沙马沙依父兄；为当大鬼主，不惜挑起战火。

长 老 王：男。五十多岁。汉族，磨弥部长老王。有智慧、有韬略，忠心耿耿。

喜 娇 妹：女。十四五岁。彝族，沙马沙依妹妹。天生呆傻，但天赋神力。

磨弥鬼主：男。五十多岁。彝族，磨弥老鬼主，沙马沙依之父，骁勇善战。

老　　者：男。五十多岁。彝族。"爨乡古乐"爱好者，爱好和平的普通百姓代表。

大理使臣：男。四十余岁。白族。关键时刻受命册封沙马沙依为三十七部大鬼主。

乐师数人：男。七十余岁。汉族，"爨乡古乐"演奏者。

亲　　族：男女各5人，在抢亲中扮演守护者角色。

壮　　汉：10名，均为男性。

兵　　丁：10余名，均为男性。

小 鬼 主：10余名，均为男性。

序　幕

〔幕起〕

〔追光下，现代曲靖夜景。〕

〔"段氏及三十七部会盟碑"巍然矗立，行人行色匆匆，鲜有人驻足观赏。一阵风吹过，会盟碑上的字迹渐次清晰，并叠印在背景屏之上：明政三年，岁次辛未，宣谕踾奉承□□，统□戎行，委服□恩，抚安边塞。是以剪除䢺众镇长奇宗、求州首领代连弄、兔覆、磨乃等三邑，统置䢺众镇。以二月八日回军，至三月七日到石城，更讨打贼郎羽□、阿房田洞、合集卅七部□伽诺、十二将弄略等，于四月九日斫罗沙一遍，兼颁赐职赏。故乃共约盟誓，务存久长，上对众圣之鉴知，下揆一德而□血。〕

〔背景音起：《段氏及三十七部会盟》……〕

〔背景屏上，碑文字迹逐渐幻化成花团锦簇的古老彝族部落场景，满山葱绿环绕下的山寨，女人们忙碌着，日出而作，日落而息。〕

〔急收光〕

〔舞台光再次亮起时，舞台已是一千多年前的场景。〕

〔花团锦簇的磨弥族寨门前，数位老者正在弹奏乐器，乐声悠扬、清冽、柔美、安详。长老王在乐师中走来走去，捻着胡须仔细分辨，不时俯身与乐师交流。〕

〔一群身着华服的族人上场，手中捧着花烛、食物、松枝、鲜花和新人的衣物，族人一一走过，只有一个端着鲜花的老者停住脚步，眯着眼睛，晃着头，听着优美的音乐，听得出神。〕

〔看到乐师中的长老王，老者急忙上前躬身施礼，请教。〕

老　　者　　长老王，老奴顶礼了。

长 老 王　　老人家不要多礼。你也喜欢这曲子？

老　　者　　是啊，听了这曲子啊，心都软了、静了。这就是你们汉人的曲子？

长 老 王　　这不是汉人的曲子，是你们彝人的古乐啊。

老　　者　　真的？我可从来没听过啊。

长 老 王　　唉！这些年，部族间整天打打杀杀，谁还有心思听曲子？

再过些年，怕都快被人忘光了。

老　者　　唉！

长老王　　听听这古乐就晓得，彝人并非好勇斗狠，血脉中满是仁慈和安详啊。

老　者　　唉，这曲子该让三十七部的鬼主们都好好听听。天下彝人是一家啊，别再打仗了。连年征战，死了多少人啊，这片土地怕都被血水浸透啦。

〔长老王拍拍老者的肩膀，叹息且安慰。〕

长老王　　是啊。过些天就要会盟了，磨弥鬼主让乐师们操练乐器，就是想让那些鬼主们都听听。愿苍天保佑，那些鬼主也能从古乐中听到祖先的声音，从此平息战火，让族人能得到安宁的生活。

长　者　　苍天保佑吧。

〔两人看着乐师，如痴如醉地聆听着天籁般清洌安详的古乐。〕

第一幕　喜　宴

时间：北宋初年。暮春，清晨

地点：云南石城（曲靖），磨弥部

人物：磨弥鬼主、长老王、喜娇妹、沙马沙侬、勇士（4人）、族人（6人）

〔一队勇士抱着松枝和鲜花上场，左肩受伤的磨弥鬼主跟在后面。长老王急忙上前恭迎，磨弥鬼主微笑着拍拍他的肩。〕

〔磨弥鬼主一身素服，却满脸喜悦，右手拿着一个镶满宝石的盒子。〕

磨弥鬼主　勇士们，赶快把松枝、鲜花插满寨门，我要让沙马沙侬风风光光地出嫁。

〔勇士们布置和装饰寨门，磨弥鬼主左右打量，生怕有一点瑕疵。〕

磨弥鬼主　阿力莱，红色的花朵要摆放在寨门中间。
磨弥鬼主　长老王啊，你们汉族女娃娃出嫁都喜欢用红色，那叫什么？
长 老 王　禀鬼主，是喜庆。
磨弥鬼主　对、对，喜庆。

〔磨弥鬼主急忙招呼勇士们。〕

磨弥鬼主　多采些红色花，我们也要喜庆喜庆。
长 老 王　鬼主，公主的婚事，由下人操持就行了。几日后就是三十七部会盟，鬼主还是和臣下们商议一下会盟的事。
磨弥鬼主　不急，不急。
长 老 王　怎能不急？此次平叛，我们磨弥部立了大功，少主战死，鬼主也受了伤。叛乱部落的牛羊、兵丁和山林都该归我们所有。
磨弥鬼主　会盟的事，以后再说，沙马沙依的婚事比什么都重要。
长 老 王　鬼主一向喜欢汉礼，按照我们的规矩，少主刚刚战死，不适合操办礌嫫（公主）的婚事啊。
磨弥鬼主　唉！你我相处十数年，我岂能不知这些规矩啊？但儿子战死，我又身受重伤，万一再有个闪失，我们的磨弥部，还有这些善良的子民，岂不成了陷入狼群中的肥羊？
长 老 王　鬼主正值壮年，请毕摩好好调治，不会有事的。
磨弥鬼主　长老王，这是一支毒箭啊……
长 老 王　唉。鬼主，沙马沙依是三十七部最美丽的公主，阿力威大鬼主也非常爱慕，多次上门提亲，您都不肯答应。为何选中最弱小的罗鸠部三子拉诺？
磨弥鬼主　阿力威的师宗部确实强盛，他又做了三十七部大鬼主，可此人生性凶残，我怎能将女儿和磨弥部托付给这样的人？拉诺在这次平叛中亲自担任筶可（先锋），跟随在我部左右，相互照应，互为犄角，由此可见，拉诺是个忠善之人。
长 老 王　鬼主，你可曾想过，有两队勇士保护，少主怎会被杀死？

　　　　　　鬼主又怎会被毒箭所伤？

磨弥鬼主　唉，礴畚（王子）带勇士追击逃兵，中了贼人埋伏。我本也难逃一死，危难之时，多亏拉诺发出救命镖，击偏毒箭，救了我一命啊。

长 老 王　沙马沙依自幼就被鬼主爱若掌上明珠，是个有远见的女子，拉诺是罗鸠三子，恐怕无望继承鬼主位。鬼主还要问问她，对拉诺是否中意。

磨弥鬼主　不瞒长老王，一年前，两个娃娃去大理国纳贡途中，就已经相互钟情了。此次出征前，沙马沙依还派喜娇妹赶到罗鸠部，送去这个护身的信物，为他祈求平安。

长 老 王　原来如此。

磨弥鬼主　我已是病残之人，只有将磨弥部和沙马沙依托付给拉诺，才能放心。对了，抢亲时多多安排勇士，不能让拉诺轻易得手。沙马沙依是我的月亮啊。

长 老 王　鬼主虽中意拉诺，可万一惹恼了阿力威，恐怕对部落不利。

　　　　　〔磨弥鬼主沉吟着有些犹豫。〕

　　　　　〔喜娇妹推着身穿婚服的沙马沙依跑出来，喜娇妹涂着红脸蛋，一张脸画得花花绿绿，沙马沙依羞涩地遮着脸。〕

喜 娇 妹　阿姐，走啊，让阿爹看看。

喜 娇 妹　阿爹，你看阿姐像不像仙女。

磨弥鬼主　喜娇妹，你这憨包，怎么抹得像个猢狲屁股？

喜 娇 妹　老阿婆说我好看，我想和阿姐一起出嫁。

磨弥鬼主　又说傻话。今天是你阿姐的婚事，你再不洗掉，别想吃羊肉。

喜 娇 妹　洗就洗，我要吃肉。

　　　　　〔喜娇妹馋得咽口水，立即跑回去洗脸。〕

　　　　　〔磨弥鬼主走到沙马沙依面前。〕

磨弥鬼主　妹妹傻，你也这么癫。都要结婚了，不怕人取笑。

　　　　　〔沙马沙依羞涩地转身返回。磨弥鬼主突然叫住女儿。〕

磨弥鬼主　沙马沙依，拉诺是三子，将来做不了鬼主。嫁给他，你委屈吗？

沙马沙依　嫁鬼主？像阿妈那样孤单一生？阿爹，我只想和拉诺一起打猎、种田，快乐地活着。

〔鬼主点点头，将手中的盒子递给沙马沙依。沙马沙依打开盒子，拿出一把镶嵌着宝石的短刀。沙马沙依疑惑地看着父亲。〕

磨弥鬼主　这是阿爹和你阿妈的信物，带上吧。让它替阿爹、阿妈陪伴你、保护你。

沙马沙依　阿爹，我不想离开你。

磨弥鬼主　沙马沙依，我的女儿啊！

〔洗干净脸的喜娇妹跑回来，拉着沙马沙依去打扮。〕

喜娇妹　阿姐，老阿婆叫你去带花冠，我也要插几朵花。

沙马沙依　阿爹，我还有好多话要和你说。

喜娇妹　阿姐，走啦，我们插花去啦！

〔喜娇妹拉着不停回头的沙马沙依下场。〕

〔磨弥鬼主深情地看着女儿的背影。〕

长老王　鬼主，事已至此，我本不该多说，但当年我病倒荒野，若非鬼主相救，怕早已曝尸荒野。您是我的恩人，我必须为部落的生死存亡，多啰唆几句。

磨弥鬼主　长老王，您请讲。

长老王　阿力威看似凶悍，实因统领三十七部，不得已而为之。据我所知，此人能力出众，是个有担当的汉子。此次平叛后，他让各部都回来休养，亲率师宗部人马守卫和安抚刚刚收复的地域。如果沙马沙依嫁给阿力威，定能壮大磨弥部的力量。若与拉诺结亲，怕阿力威不容啊。

磨弥鬼主　兄长，此事切莫再提。我征战半生，耐德（王妃）在孤苦和病痛中死去，只留下这两个女儿。我早对神灵发过誓，纵然是死，也绝不会牺牲女儿的幸福。

长老王　这……

磨弥鬼主　如今我已是朝不保夕，唯愿把女儿托付给可靠之人。

〔长老王摇摇头，长叹一声。〕

〔一群族人欢天喜地往返运送着婚礼所用的物品，插了满头花儿的喜娇妹夹在其中上场。〕

〔运送的队伍从磨弥鬼主身边走过，喜娇妹一下子跳了出来。把磨弥鬼主和长老王吓了一跳。〕

喜 娇 妹　阿爹，我打扮好了，什么时候出嫁啊？

〔磨弥鬼主看着花花绿绿的喜娇妹，又好气又好笑。〕

磨弥鬼主　罗鸠部一会儿就要来抢亲了，你这副样子……还不赶快给我摘了。

〔喜娇妹护着满头的花，不停地躲闪。〕

喜 娇 妹　我不摘，我不摘……

磨弥鬼主　勇士们，给我按住她，把花摘了。

〔几个勇士上前阻拦喜娇妹，被她轻轻松松打翻在地，疼得直呻吟。〕

喜 娇 妹　哼，想抢我的花，就不给。

〔喜娇妹撒腿就跑，磨弥鬼主拔腿去追，但伤口一阵疼痛，停下脚步。长老王急忙伸手相扶。〕

长 老 王　鬼主，让她戴着吧，小孩子贪玩。

磨弥鬼主　喜娇妹虽然呆傻，却天生神力，整天惹是生非，今后烦请长老王严加看管，千万不要惹出什么祸事。

〔长老王叹了口气，小心地搀扶着磨弥鬼主下场。〕

〔倒在地上的勇士们不停地呻吟，他们相互搀扶着爬起来，揉着被喜娇妹打痛的胳膊。〕

第二幕　抢　婚

时间：北宋初年。暮春，清晨

地点：云南石城（曲靖），磨弥部

人物：沙马沙依、喜娇妹、磨弥鬼主、拉诺、阿力威、长老王、师

宗勇士（6人）、磨弥族人（10人）、罗鸠族人（10人）

〔幕起〕

〔磨弥部寨门外一间由带叶松枝搭成的屋子赫然立在东北角，沙马沙依着一身喜服坐在正中，腰间挂着那柄父亲送的短刀。旁边整齐排列着数十缸米。〕

〔寨门外，磨弥族人5男5女，分执瓢、杓，列械环卫。〕

〔喜娇妹披着一条彩绸跑进来，一队气喘吁吁的勇士跟在身后。〕

喜娇妹　　再追，再敢追，我可要打喽。

勇士甲　　礤嫫，你不要跑喽，羊肉已经熟了，我们请你去吃肉啊！

喜娇妹　　真的？哼，我不信。

〔磨弥鬼主气喘吁吁上场。〕

磨弥鬼主　喜娇妹，你不想吃肉了？我可是要吃光喽。

喜娇妹　　阿爹不许骗人。吃肉去喽。吃完再出嫁。

〔喜娇妹披着彩绸飞奔而下，磨弥鬼主急忙指挥勇士们追了出去。〕

磨弥鬼主　看住礤嫫，切莫让她再来搅闹。

〔一阵吹奏和鼓乐声响起。〕

〔拉诺和5男5女共10名亲族一起上场。10名亲族都穿着新衣，涂了黑面，还拎着瓢、杓作兵器，但黝黑的脸上都喜气洋洋的。〕

〔沙马沙依听到声音，开心地掀起珠帘。看到亲族中的拉诺，她笑着向他招手。〕

〔磨弥鬼主看到女儿的样子，急忙示意。沙马沙依吐吐舌头，放下珠帘，装出愁嫁、不开心的样子，一脸笑容地抽抽喧喧。〕

磨弥族人甲　你是何人？为何而来？

拉　　诺　　我是罗鸠礤畜拉诺，要来摘取乌蒙山上的月亮。

磨弥族人甲　有人要抢走我们的月亮，我们能让吗？

磨弥族众　　　不能。

磨弥族人甲　　亲人们啊，拿起瓢、杓，把他们打出去。

磨弥族众　　　打出去。

〔拉诺一挥手，罗鸠族人一拥而上，挥舞着手里的瓢、杓等各种"武器"，与磨弥族人打斗起来。大家各自摆出凶狠的表情，相互恐吓，却又相互推搡嬉笑，显然只是一个仪式。〕

〔在大家打斗之时，拉诺趁乱冲进屋中，跑到沙马沙依身边。沙马沙依看着一身新衣满脸笑容的拉诺，也笑着掀起珠帘。拉诺抱起沙马沙依，沙马沙依假意挣扎，脸上却满是笑容。〕

〔拉诺抱着沙马沙依开始了幸福缠绵的舞蹈。沙马沙依时而羞涩地离开，拉诺含情脉脉地牵住她的衣袖，将她拉回身边，拥入怀中。〕

〔磨弥部的族人假装要冲上去阻拦，却遭到罗鸠部的族人追逐。大家嬉笑打闹着，就连一直装作愤怒的磨弥鬼主也不禁露出笑容。〕

〔拉诺抱着沙马沙依快步走向寨门，磨弥鬼主急忙装出愤怒的表情，大声呵斥。〕

磨弥鬼主　　　大胆拉诺，还不放下我的沙马沙依。

拉　　诺　　　鬼主阿爹，我摘走了你心爱的月亮，明年会还给你满天的星星。

〔沙马沙依幸福地依偎在拉诺怀中，拉诺笑着抱紧她快步离去。〕

〔磨弥部的族人假意追赶，发出威吓的声音。〕

〔磨弥鬼主深情地看着沙马沙依和拉诺相依相伴离开的背影，既欣慰又不舍。〕

磨弥鬼主　　　抢婚结束。大家赶快准备婚宴，演练歌舞，我要举行最隆重的婚礼。

众　　人　　　好。

〔磨弥鬼主擦擦眼泪离开。〕

〔大家急忙整理房间，准备婚礼。〕

〔寨外突然传来一阵喧嚣，拉诺、沙马沙依和亲族退回，阿力威和十几个手持刀枪等兵器的壮汉紧跟在身后。〕

〔壮汉们一拥而上，将拉诺的亲族控制，阿力威一把将沙马沙依从拉诺身边拉走。〕

〔拉诺上前抢夺沙马沙依，被阿力威一脚踢翻在地。〕

沙马沙依　放开我。拉诺，拉诺……

〔罗鸠亲族上前帮忙，却打不过阿力威的随从。〕

〔拉诺和众人一次次上前，又一次次被打倒在地。〕

阿 力 威　拉诺，你还不滚开。沙马沙依是乌蒙山的月亮，怎能嫁给你这般小人。

阿　　诺　我和沙马沙依彼此倾心，也得到了磨弥鬼主的祝福。你搅闹别人的婚礼，犯了部落间婚丧大事不可侵犯的禁忌，就不怕引发部落争端？就不怕大理王降罪，夺了你大鬼主的位子？

阿 力 威　就算不做大鬼主，我也不能让你这等奸佞之徒得逞。

〔阿力威要带沙马沙依回师宗部。沙马沙依拼命挣扎。〕

〔喜娇妹一边啃着羊腿一边上场，眼前的一切让她有些无所适从，就连手里的羊腿也忘了啃。〕

沙马沙依　阿力威，你才是奸佞小人，为何搅扰我的婚礼？为何要分开我和拉诺？

阿 力 威　谁是奸佞小人，神灵自有公断。你必须跟我回师宗部，免得被人伤害。

沙马沙依　我不去，你放开我。

〔沙马沙依拼命推搡阿力威，阿力威只好扛起她强行带走。〕

〔喜娇妹看了半天，似乎明白了什么，她拎着羊腿冲了过来，解救沙马沙依，她挥起羊腿向阿力威打去。〕

〔阿力威急忙躲闪，沙马沙依也趁机跳了下来，想趁机逃离。然而，阿力威早有防备，又将她牢牢抓住，拉到身边。〕

喜娇妹　放下我阿姐，你给我放下。
〔阿力威的随从一刀将羊腿震飞。〕
喜娇妹　我的羊腿，还我羊腿啊！
〔喜娇妹又挥拳打护卫，但阿力威的众护卫合力抵挡，喜娇妹非但没有占到便宜，还被打得一个趔趄摔倒在沙马沙依身边。〕
〔沙马沙依上前扶起妹妹，喜娇妹火冒三丈，顺手抽出沙马沙依腰间的短刀，捅向阿力威。〕
沙马沙依　喜娇妹，不要！
〔阿力威牵着沙马沙依，疏于观察，眼看就要死于非命，身边的壮汉挺身护在阿力威面前，喜娇妹的短刀正好捅在壮汉的胸口。〕
〔壮汉满身是血，倒在地上。阿力威一声哀嚎，沙马沙依和在场的所有人都被惊呆了。〕
〔阿力威放开沙马沙依，跪在壮汉面前。〕
阿力威　阿弟，阿弟……
〔壮汉伸出手想抚摸阿力威，手臂却缓缓地瘫软下来。〕
〔阿力威起身，悲愤交加地瞪视着喜娇妹。〕
〔喜娇妹似乎也意识到自己犯了大错，急忙将短刀扔在身后，装出什么都没有发生的样子。〕
喜娇妹　哎，我的羊腿呢，谁偷吃了？
〔喜娇妹转身想逃走，阿力威大手一挥。〕
阿力威　将这杀害礤畜的歹徒捆了。
〔壮汉们一拥而上，将喜娇妹拖回来，押了起来。〕
〔画外音：（磨弥鬼主）还不快准备婚宴，大喊大叫的，成什么体统。〕
〔磨弥鬼主和长老王带着几个乐师匆匆上场。看到眼前的情景，惊呆了。〕
磨弥鬼主　是怎么回事？发生了什么事？为什么要抓沙马沙依和喜娇妹。

阿 力 威　她杀死了我的胞弟，尸体还在这里，你看不到吗？
磨弥鬼主　大鬼主，你胞弟为何私闯我的部落？
阿 力 威　我多次带着重礼上门请求迎娶沙马沙依，你一直推脱不允，却要将她嫁给拉诺。岂不是瞧不起我。
磨弥鬼主　沙马沙依是我的女儿，她嫁给谁，自然要由我做主。
阿 力 威　你不顾念两个部落的情意，我也不会再手下留情，杀人偿命天经地义，这歹人杀死了我的胞弟，我要将她带回偿命。
磨弥鬼主　放开我的女儿，否则我会禀明大理王，告你抢占属下的妻女，剥夺你的兵符和大鬼主地位。
　　　　　〔看到父亲，喜娇妹似乎看到了依靠，她奋力挣开控制她的壮汉，冲到父亲身边，拉着父亲又喊又叫。〕
喜 娇 妹　阿爹，他们欺负我。
　　　　　〔壮汉们上前拉喜娇妹，喜娇妹死死拽住磨弥鬼主。磨弥鬼主又急又气。〕
　　　　　〔法老王急匆匆赶来，着急地大喊。〕
法 老 王　喜娇妹，小心鬼主的伤口。
沙马沙依　喜娇妹，放手啊！
　　　　　〔喜娇妹就像抓住了救命稻草，根本听不进任何话，依旧拼命拉扯磨弥鬼主。磨弥鬼主在喜娇妹的拉扯中，突然脚下一软，箭伤崩裂，吐血倒地。〕
沙马沙依　阿爹……
　　　　　〔沙马沙依跪倒磨弥鬼主面前，痛不欲生。喜娇妹看着倒地的老父，也吓坏了。〕
喜 娇 妹　阿爹，你为啥流血了？阿爹，你不会死吧？
　　　　　〔磨弥鬼主向喜娇妹招手，喜娇妹蹲在父亲身边。〕
磨弥鬼主　喜娇妹，阿爹要走了。
喜 娇 妹　阿爹，你去哪儿啊？带着喜娇妹吧。
磨弥鬼主　阿爹要去找阿妈，你留下陪阿姐，好吗？
　　　　　〔喜娇妹点头。〕

磨弥鬼主　阿爹要你做一件事，你肯答应吗？
喜娇妹　　肯，我答应。
磨弥鬼主　好好保护阿姐！
　　　　　〔喜娇妹用力点头。〕
磨弥鬼主　沙马沙依、喜娇妹，你们要保护好我们的部落和子民啊！
　　　　　〔磨弥鬼主气绝而亡，沙马沙依哭倒在老父的尸体之上。〕
　　　　　〔这样的情况，阿力威也完全没有预料到，和大家面面相觑，不知如何收场。一壮汉拉扯阿力威。拉诺和随从相互对视着，彼此交换了眼神。〕
壮　　汉　鬼主，我们走吧。
　　　　　〔阿力威看了看一旁的拉诺，坚决地一摆手。〕
壮　　汉　鬼主！
阿力威　　不行。
喜娇妹　　阿爹，你快起来啊，你睡着了吗？阿姐，阿爹怎么了？
　　　　　〔喜娇妹推着老父的尸体哭喊，沙马沙依从悲痛中回过神，猛地站起身，朝着阿力威冲过去。〕
　　　　　〔看到疯狂冲过来的沙马沙依，阿力威的随从立即上前拦阻，阿力威一把将他们推开。〕
阿力威　　你们退下。
　　　　　〔沙马沙依冲过来，对阿力威又打又骂。阿力威既不躲闪，更不阻拦，任凭沙马沙依拳打脚踢。〕
　　　　　〔喜娇妹看到沙马沙依的举动，也一跃而起，也要去打阿力威。〕
　　　　　〔众勇士都知道这个傻姑娘天生神力，一拥而上，拼命阻拦喜娇妹，喜娇妹非常愤怒，双方对打起来，场面一片混乱。〕
　　　　　〔一片混乱之中，拉诺却在悄悄向阿力威靠近，他背在身后的手中握着喜娇妹扔掉的那把镶满宝石的短刀。〕
　　　　　〔阿力威还在承受沙马沙依的撕打，似乎完全没有在意。拉诺一跃而起，大吼一声，短刀直指阿力威。〕

〔混乱和打斗中的兵丁并未忽略对鬼主的保护，就在拉诺靠近的一瞬，两个勇士倏然而至，飞身将拉诺扑倒，一左一右将他的胳膊死死拧住。拉诺偷袭不成，被当场擒获，短刀也"当啷"一声掉在地上。〕

〔突如其来的变故，将沙马沙侬和喜娇妹都震住了。现场变得一片死寂。〕

阿力威　我是三十七部大鬼主。你以下犯上，已是死罪，还有何话可说？

〔拉诺在师宗部勇士的束缚中，拼命挣扎，努力抬起头，直视阿力威。〕

拉　诺　阿力威，你这般粗拙之徒，怎配做三十七部大鬼主？你敢不敢和我打斗一场？你敢不敢？获胜者就可以得到沙马沙侬和兵符。

阿力威　如果你输了呢？

拉　诺　如果输了，是死是活任凭你处置，且我此生再也不见沙马沙侬。

〔沙马沙侬非常吃惊。〕

阿力威　好。我和你打斗，让你死得安心。

勇士甲　鬼主，不必搭理这厮。他已死罪难免，直接砍了不就行了。

阿力威　不要多言。放开他。

〔勇士们犹豫着，相互对视着，并不放手。〕

阿力威　（大吼）放开他。

〔勇士们放开手，拉诺"蹭"地蹿了起来，抖动着被拧痛的手臂，做着打斗的准备。阿力威并不准备，只是挥挥手让勇士们将沙马沙侬及众人拦在场地之外。〕

〔拉诺趁阿力威不备，一个箭步冲了上来，挥拳向阿力威打来。〕

〔阿力威挨了一拳，一个踉跄，随即站稳脚步，挥拳抵挡。拉诺的优势并未持续，两人仅仅打斗了几个回合，拉诺

〔就被阿力威一拳打中胸口,随即一脚踢翻在地,踩在脚下。〕

阿 力 威 现在,你还有何话可说?

〔拉诺并不答话。〕

阿 力 威 砍了。

〔勇士们挥刀冲上,就要对拉诺动手。〕

沙马沙依 放开他。

〔沙马沙依突然推开拦在身前的勇士,走出人群,逼视着阿力威。〕

沙马沙依 放了拉诺。

阿 力 威 此贼不除,必将贻害无穷。

〔沙马沙依伸出手来,手中赫然握着那把镶满宝石的短刀。她将短刀抵在自己的胸口,逼视着阿力威。〕

沙马沙依 放了拉诺,我嫁给你。若敢伤他,我现在就死。

阿 力 威 沙马沙依,你……会后悔的。

〔沙马沙依一脸愤怒地看着阿力威。阿力威猛一挥手。〕

阿 力 威 放人。

〔勇士们懊恼地跺着脚,放开拉诺。拉诺看了沙马沙依一眼,带众人退却离开。沙马沙依看着拉诺的背影,既惊诧又伤心,短刀"当啷"掉在地上。〕

阿 力 威 勇士们,赶快掩埋死者,带沙马沙依返回师宗部。

沙马沙依 阿力威,你是我的杀父仇人。就算嫁给你,也会恨你一辈子。

〔阿力威将短刀捡起,递到沙马沙依手中。〕

阿 力 威 我宁愿现在死在你的刀下,也不愿你带着仇恨过一生。

〔沙马沙依接过短刀,毫不犹豫上前就捅,却被一直沉默寡言的长老王一把拉住。〕

长 老 王 阿力威是三十七部大鬼主,大战刚刚结束,如果他死了,三十七部就会陷入混战,磨弥部也不能幸免。鬼主已经仙逝,沙马沙依,现在你就是磨弥鬼主,你要顾及部落和族人的性命啊。

〔沙马沙依无力地瘫坐在地上。〕

沙马沙依　我不想做鬼主，我只想要阿爹。

〔沙马沙依伏在父亲的尸体上，痛不欲生。阿力威大手一挥，勇士们一哄而上，大家抬着悲痛欲绝的沙马沙依离开磨弥部。〕

〔长老王和众人在身后连连拱手。〕

第三幕　撕　裂

时间：北宋初年。暮春，清晨
地点：云南石城（曲靖），师宗部
人物：沙马沙依、喜娇妹、拉诺、阿力威、长老王、师宗勇士（6人）、磨弥族人（10人）、罗鸠族人（10人），兵丁数人

〔一个被鲜花装点的房间。洁净、清雅。沙马沙依却像生活在华丽的鸟笼之中，她焦躁得走来走去，不断地将鲜花、衣物掀翻在地上。〕

〔一个侍女端着餐盘上场。沙马沙依坐在桌边。〕

侍　　女　耐德，请用餐。

沙马沙依　你出去吧，我不是你们的耐德，也不吃师宗部的食物。

〔侍女左右为难。〕

〔阿力威走进房间，接过餐盘，示意侍女离去。侍女躬身施礼后下场。〕

〔阿力威端着餐盘，放在沙马沙依身边的桌上，沙马沙依并不回身。〕

沙马沙依　拿走，我说了，我不吃。

阿 力 威　沙马沙依……

〔沙马沙依听到阿力威的声音，猛转身，怒目而视，然后狠狠一挥手，将餐盘扫落在地上。〕

沙马沙依　我不做囚徒。我要回磨弥部，我要吃磨弥的谷物，喝磨弥的山泉水。

阿 力 威　你永远都不是囚犯,等会盟结束之后,你随时回去,我绝不阻拦。

沙马沙依　我不管什么会盟,我现在就要回去。

阿 力 威　现在不可,你一旦回去,难免遭人伤害。

沙马沙依　哼!出尔反尔。你就是这世界上最恶毒的坏人,除了你谁会害我?

阿 力 威　拉诺。

沙马沙依　在我心里,我的丈夫永远都是拉诺,而不是你。他肯为我刺杀你,怎可能加害我?

阿 力 威　拿你做筹码决斗的人,还值得你信任吗?

沙马沙依　他不是!

阿 力 威　沙马沙依,杀死磨弥王子、用毒箭偷袭磨弥鬼主的人,或许正是拉诺。

沙马沙依　不可能。绝不可能。他怎会伤害我的家人?你有什么证据。

阿 力 威　若非没有证据,我早就将那厮千刀万剐了。

沙马沙依　既然你没有证据,凭什么肆意诋毁?放我走,我要去罗鸠部,向拉诺当面问个明白。

阿 力 威　不可。

沙马沙依　你不敢让我去查清真相,就是一个凶残歹毒的懦夫。

〔沙马沙依和阿力威正在争执,侍者上场来报。〕

侍　　者　磨弥部长老王和喜娇妹礴嫫求见。

阿 力 威　快请。

〔沙马沙依也顾不得争执,急急忙忙迎到门前。看到喜娇妹,沙马沙依急忙拉住她的手,喜娇妹抱着沙马沙依哭。〕

沙马沙依　喜娇妹,阿爹是否安葬,我想阿爹啊。

喜 娇 妹　阿姐,阿姐!

长 老 王　大鬼主,拉诺联合十余个较为强大的部落鬼主,以您抢娶沙马沙依、欺压部族为由,正在整合队伍,要来偷袭

　　　　　　师宗部。
阿 力 威　早料到他不会善罢甘休。看来早有准备，否则不会来得这么快。
长 老 王　是啊，此人心机极深啊。
沙马沙依　长老王，你怎么能背叛拉诺，给阿力威通风报信。
长 老 王　礴媢，拉诺并非你想象得那么单纯啊。
沙马沙依　此话怎讲？
长 老 王　拉诺身为三子，不可能继承罗鸠部的鬼主位。于是去大理纳贡时，他设法引起你的关注。他贪图的不仅是礴媢的美貌，还有磨弥部的鬼主位。
沙马沙依　我不信。我有阿哥，本也不可能做鬼主。
长 老 王　唉！喜娇妹，把你抓住的人带进来吧。
　　　　　〔喜娇妹擦擦眼泪，走到门前，将一个受伤的兵丁拖了进来，扔在地上。〕
喜 娇 妹　你给我进来。
沙马沙依　你是何人？
兵　　丁　我是罗鸠部的筥可。
沙马沙依　你是拉诺的勇士，为何来到这里？
喜 娇 妹　他在林子里乱窜，被我逮住的。
沙马沙依　这到底是怎么回事啊？
喜 娇 妹　你说，你给我说。
兵　　丁　唉，虽然落到磨弥部手中，也算死里逃生。平叛之时，拉诺带我们十几个筥可，与磨弥部一起作战，本想趁乱用毒镖杀死磨弥鬼主和礴奋，谁知礴奋非常机警，将投向鬼主的毒镖打偏，还带人追杀我们。
沙马沙依　你是说，击偏了毒镖，救了鬼主的人不是拉诺？
兵　　丁　射毒镖的就是拉诺，他又怎会出手相救？
沙马沙依　磨弥、罗鸠一直和平相处，他为何要杀害我的父兄？

| 兵　　丁 | 他说……他说娶了礠嬷，就可以做磨弥鬼主。 |

| 沙马沙侬 | 是拉诺，真是拉诺？既然你们偷袭没能得逞，阿哥怎么会死？ |

| 兵　　丁 | 拉诺设计将礠畬和磨弥勇士引到一处山谷，让我们用毒箭将他们射死。 |

| 沙马沙侬 | 阿哥啊！你们怎能如此凶残？！ |

| 兵　　丁 | 礠嬷，我们和礠畬无冤无仇，本也无心加害，但拉诺的指令谁敢违背啊？礠畬中箭受伤，依旧勇猛还击，直到箭毒发作倒地，还在痛斥拉诺。我等都对礠畬甚是钦佩，劝拉诺不再加害，可……他亲自动手，一刀砍下了礠畬的头颅。 |

| 沙马沙侬 | 阿哥，我可怜的阿哥啊！ |

〔沙马沙侬一阵眩晕，险些晕倒，阿力威急忙将她扶住。〕

| 阿　力　威 | 你是拉诺的亲信，又为何会逃到丛林之中？ |

| 兵　　丁 | 拉诺承诺事成之后，给大家分田地和牛羊，当晚却用毒药将兵丁全部毒死。若非我在战斗中被打昏，醒来回山寨时亲眼看到这一切，恐怕也早做了地下之鬼。 |

〔过度的悲伤让沙马沙侬变得迷茫，她推开阿力威，环顾着周围的一切，目光空洞、茫然且警惕。〕

〔喜娇妹走上前搀扶沙马沙侬，沙马沙侬警惕地躲开。〕

| 沙马沙侬 | 什么是真的，谁是真的？我还可以信任谁？ |

| 长　老　王 | 沙马沙侬，你醒醒啊，磨弥部还要靠你来统领和保护啊！ |

〔沙马沙侬死死盯住长老王。〕

| 沙马沙侬 | 你们都在骗我是不是？这一切都是阿力威的诡计，你和喜娇妹是为了讨好他，才来骗我的，对吗？ |

〔长老王低头长叹。阿力威也无比焦虑。〕

〔喜娇妹从怀中掏出一件战袍，展开了给沙马沙侬看。〕

| 喜　娇　妹 | 阿姐，你看看，这是阿哥的战袍。 |

〔沙马沙依接过战袍,在麻布色的战袍一角,有一行血字遗言:害我者拉诺。〕

〔沙马沙依不得不面对真相,她痛不欲生,与喜娇妹抱头痛哭。阿力威和长老王急忙商量对策。〕

长 老 王　拉诺的队伍恐怕早到了,请大鬼主尽快想个主意啊。

阿 力 威　师宗部的壮士都分散在各地,部落中并无太多人马,一旦拉诺等人攻进城池,难免会对城中的老弱妇孺大开杀戒,是我连累师宗部陷入此般绝境啊。

长 老 王　大鬼主,此时还不到绝境。磨弥部兵力虽不及贼兵,但都忠心耿耿,非那些各怀鬼胎的乌合之众可比。大理国使臣的精兵距此不过一箭之地。我率勇士奋力抗击,你和喜娇妹分头去磨弥和使臣驻地调度队伍,包围贼兵,定能反败为胜。

阿 力 威　我为沙马沙依已犯下不赦之罪,我再前去搬兵,岂非授人口实,恐会引发更大的战乱。长老王,还是您去搬兵,我带众勇士拖延时间。

长 老 王　那怎么行?谁杀死大鬼主,就可以取而代之。拉诺一直觊觎大鬼主之位,万一救兵未到,城门已破,恐怕他最先加害的就是您啊。

阿 力 威　拉诺这样的奸佞小人,我何惧之有?

长 老 王　大鬼主虽然勇猛,但怎敌得过群狼啊!

阿 力 威　只要能平息战乱,让三十七部子民不再流血,我死又何惜?时间紧迫,再莫多虑,请尽快出城。

〔长老王长叹一声,拉着喜娇妹正一起下场。阿力威喊住长老王。〕

阿 力 威　等一等。

〔阿力威拿出一封书信,向长老王躬身施礼。〕

阿 力 威　老人家,今后请您用智慧护佑沙马沙依和三十七部,拜托了。

长 老 王　大鬼主，您……

阿 力 威　老人家，快走……

　　　　　〔长老王万分不忍，但还是与喜娇妹一起，带几位兵丁匆匆离开。〕

　　　　　〔寨外突然传来阵阵铜鼓声，拉诺率兵赶到，一场血腥的厮杀就要拉开帷幕。拉诺开始在部落外叫阵。阿力威急忙调动武士登城迎战。〕

　　　　　〔沙马沙依也拎着弓箭冲出宫殿，登上城头，向下张望，阿力威急忙来到她身边保护。〕

拉　　　诺　阿力威，我已率大军将师宗部团团包围，你若交出兵符和沙马沙依，我可饶你一命，若大军破城之时，恐怕一只飞鸟都别想逃命。

沙马沙依　拉诺，我并未被囚，你……走吧。

拉　　　诺　欺辱之仇、夺妻之恨，岂能一笔勾销？

沙马沙依　数年征战，各部死的人还不够多吗？你还想让这片土地重燃战火？

拉　　　诺　阿力威凶残成性，我和众鬼主决心已定，不杀死阿力威，绝不退兵。

阿 力 威　你想杀死我，取得兵符，何必牵连他人？你我在众位鬼主和壮士前决斗，一战定生死，岂不快哉？

拉　　　诺　哈哈哈哈，我岂是你这样粗莽之人？你的人马分散在各地，现在你便是插翅也难逃一死。我怎会与你决斗？

沙马沙依　你和阿力威之间的私事，为什么要牵连三十七部族人？

拉　　　诺　管理三十七部的应该是智勇双全的大鬼主，而不是阿力威这样好勇斗狠之徒。我就要亲手杀死阿力威，消灭师宗部。

沙马沙依　你只是为了做鬼主，做大鬼主。拉诺，我为何会信你的满口谎言，为何没看出你的一腔祸心？

拉　　诺　　大丈夫岂能没有志向？我只是为了部落的未来。

沙马沙依　　人都死光了，哪儿还有什么未来？看在我的面子上，你可否退兵？

拉　　诺　　你只是一个女人，部落的事不要干涉。

沙马沙依　　杀我兄长，害我父亲，拉诺，你死有余辜。

〔沙马沙依难掩悲愤，拉弓向拉诺射出一箭，箭从拉诺鬓角划过。拉诺摸着鬓角的鲜血，发出嘶吼。〕

拉　　诺　　壮士们，攻城！城破之时，不分老幼，全部斩杀。师宗部的牛羊、女人，还有沙马沙依，都是你们的！

〔拉诺的队伍发出一阵接一阵的铜鼓声、喊喝声。阿力威率军抗敌。〕

阿力威　　壮士们，拉满你们的弓箭，为了师宗部，为了你们的妻儿父母，把贼人赶出去。

众壮士　　赶出去！赶出去！

〔阿力威拉弓射箭，一士卒将沙马沙依拉下城墙。〕

第四幕　别　离

时间：北宋初年。暮春，黄昏

地点：云南石城（曲靖），师宗部

人物：沙马沙依、阿力威、拉诺、喜娇妹、长老王、大理使臣、师宗勇士、众鬼主

〔在一片厮杀声、痛苦的呻吟声中，沙马沙依万分焦虑地徘徊着，手中拎着弓箭，握着那把短刀。〕

〔画外音：（拉诺）射中了，我射中了阿力威，我要做大鬼主。〕

〔一壮士扶受伤的阿力威上场。〕

壮　　士　　耐德，师宗死士虽奋力反抗，但贼兵众多，恐怕抵挡不

了太久。大鬼主身受重伤,请您带大鬼主赶快撤走吧。

沙马沙依　这……阿力威……

阿力威　让大家奋力杀敌,我早有安排,援兵不久就会到来。

〔壮士行礼下场。厮杀声中夹杂痛苦的哀鸣。〕

沙马沙依　阿力威,你有什么安排,快说啊,绝不能让拉诺伤害部落的子民。

阿力威　沙马沙依,你说得对,三十七部再也不能经历战火和杀戮。拉诺说得也没错,我确实不是大鬼主的合适人选。统辖三十七部的大鬼主应该善良且有智谋,长老王忠心耿耿,且有勇有谋。今后请你好好善待师宗部和各部落的子民。

沙马沙依　你……这是何意?

阿力威　我被拉诺的毒箭射伤,恐怕熬不过一个时辰。兵符是部落重器,决不能落到拉诺这样的人手中。只有你亲手杀死我,成为新大鬼主,由长老王辅佐,联合大理国,安抚各部落,才能平息战火。

〔阿力威将那柄短刀递给沙马沙依,沙马沙依却颤抖着无法握住。〕

沙马沙依　不,不,我去找毕摩……

阿力威　来不及了,此乃封喉之毒,无药可解。杀了我,否则拉诺就会成为大鬼主。

沙马沙依　阿力威,你并非凶狠的暴君,是个有血有肉的汉子啊。你让我怎么忍心?毕摩一定可以治好你!

阿力威　沙马沙依,我是你的杀父仇人啊,想想那些死在刀剑下的族人吧,你忍心让其他族人再被拉诺屠杀?杀了我,快!

沙马沙依　阿力威,是我害了你。是我错看了拉诺,才引来今日之祸。但我怎能再伤害你,怎能再让你受委屈?

阿力威　我并不敢奢求与你终生相守,能得到你一滴眼泪,此生足矣。来生若能遇到,你肯嫁给我吗?

〔沙马沙依抽泣着用力点头，然后又急忙摇头。〕

沙马沙依　不，为什么是来生？

〔阿力威捧起沙马沙依的双手，静静地看着沙马沙依。〕

沙马沙依　阿力威，你……

〔阿力威突然抓住沙马沙依手中的刀，狠狠捅进胸膛，自杀身亡。〕

〔沙马沙依尖叫着，用力抱紧阿力威，伏在阿力威身上痛哭失声。〕

沙马沙依　阿力威，我不要来生，我只要此生啊！

〔长老王与喜娇妹上场。〕

长　老　王　大鬼主，大理国的壮士已经集结到……你……

〔看到房间内的情景，长老王潸然泪下。沙马沙依痛哭不已。〕

长　老　王　阿力威，您仁心如此，我们何以为报啊？

沙马沙依　长老王，阿力威他……

〔长老王擦干眼泪，将书信和兵符递给沙马沙依。沙马沙依只看了几眼，便泣不成声，跪伏在阿力威的尸体上。〕

沙马沙依　阿力威……

长　老　王　勇士们，打开寨门，请拉诺和众鬼主进来。

〔拉诺带十余名鬼主闯进。看到阿力威已死，拉诺如释重负。〕

拉　　诺　阿力威死了，我杀死了阿力威。如今我不仅做了鬼主，还做了大鬼主。

长　老　王　是沙马沙依杀死了阿力威，她将成为大鬼主。

拉　　诺　阿力威重罪难逃，死有余辜。沙马沙依杀贼有功，我可以赦免她的罪过，依旧愿意娶她为耐德。

沙马沙依　你还愿意娶我？我却不愿嫁你。

拉　　诺　沙马沙依，你不是一直在期待我用披红的骏马把你娶到身边吗？

沙马沙依　是的，我一直在等待这一天。但你还是拉诺吗？

拉　　诺　　沙马沙依，我就是拉诺啊。等我做了大鬼主，你做耐德，我们终生厮守，这不是你期待的幸福吗？

沙马沙依　我想要远离战火杀戮，寻一处小山，安宁度日，快乐生活。而不是双脚踩在亲人和子民的血肉中，在满是血腥的宫殿里与一个暴君生活。

拉　　诺　　沙马沙依，统治部族需要的是计谋、勇气，而不是妇人之仁。

沙马沙依　你的计谋就是骗取我的心，再杀死我的父兄，抢占我的部落？你的计谋就是合谋杀死阿力威，踩着三十七部子民的尸体，登上大鬼主之位，是吗？

拉　　诺　　我绝不是那样的人。

〔长老王将受伤的兵丁带出，拉诺愣了半晌，随后仰天大笑。〕

拉　　诺　　对，是我做的，那又如何？如今我重兵在握，将你们团团围住，谁还敢说个"不"字？我这个三子不仅要做鬼主，还要做三十七部的大鬼主。

〔大理使臣带着壮士走进来。〕

使　　臣　　沙马沙依杀死了阿力威，掌握了兵符，她将担当三十七部大鬼主。大理国和磨弥部的勇士已将尔等团团包围，谁敢不听？

拉　　诺　　尔等真是迂腐至极，无视我这样智勇双全的汉子，让一个女人做大鬼主？你是不是疯了？

使　　臣　　拉诺，再敢蔑视使臣和大鬼主，立即砍下头颅，以儆效尤。

〔拉诺突然换了一副面孔，温柔地走向沙马沙依。〕

拉　　诺　　沙马沙依，我是你的男人，在我心里，你永远是乌蒙山上的月亮。即便我做了一些错事，这一切都是为了你。

沙马沙依　将这歹毒之徒绑了，等会盟仪式上与大理使臣商议如何惩罚。

〔拉诺挣扎着想逃走，被喜娇妹一把短刀顶在胸口，逼了回来。拉诺急忙掏出一个荷包。〕

拉　　诺　　沙马沙依，难道你忘了亲手做的朱砂荷包？难道你忘了我们曾经的真情？

〔沙马沙依平静地走来，静静地看着他，用手中的短刀将荷包一刀割开，将荷包中的朱砂涂在拉诺脸上。〕

沙马沙依　愿朱砂镇住你心里的厉鬼。我不杀你，我要你用一生为阿爹、阿哥、阿力威祈福赎罪。

〔沙马沙依对众鬼主。〕

沙马沙依　现在兵符在我手中，你们是否听从我的号令？

〔众鬼主面面相觑，有些不服气。〕

〔沙马沙依高高举起兵符，对众鬼主。〕

沙马沙依　拉诺破坏和平，蓄意谋反，大理国和师宗、磨弥两部的壮士已经城池团团围住，不听号令者，全部斩杀。

〔众鬼主看到虎视眈眈的使臣、长老王、喜娇妹和众勇士，只好低头跪拜臣服。〕

尾　声　会　盟

时间：北宋初年。暮春，清晨
地点：云南石城（曲靖），师宗部
人物：沙马沙依、喜娇妹、磨弥鬼主、拉诺、阿力威、长老王、师宗勇士（6人）、磨弥族人（10人）、罗鸠族人（10人）

〔盛大的会盟仪式，阿力威的巨幅画像醒目地悬挂在正中。沙马沙依一身鲜艳的婚服，参加会盟。〕

沙马沙依　今日会盟，也是我的婚礼。我愿一生与阿力威的灵魂相依相伴，一同守护三十七部的安宁与平安。我虽为女子，但绝非任人宰割之辈。今后，我要以彝汉之礼仪和音乐教化部落子民，望各位鬼主守护一方平安，再不可造次。

〔众人理冠跪拜。〕

〔沙马沙依招手,一队身着汉族服饰和彝族服饰的乐师上场,爨乡古乐乐声悠扬,会盟仪式开始。〕

〔沙马沙依在乐声中,与众鬼主一起行礼祈祷,翩翩起舞。〕

〔拉诺被一队勇士押进大殿,他面如死灰,抖若筛糠。沙马沙依并不搭理,兀自祈祷起舞。〕

沙马沙依　阿力威,为部落和平,为了子民平安,舍弃了自己。我,沙马沙依,以大鬼主之名号令众人,自今日起,敬阿力威为三十七部之神,人人顶礼,家家祭拜。阿力威神,保佑你的子民吧。

众　　人　阿力威神,保佑吧。

〔拉诺战战兢兢下跪,被长老王推倒在地。〕

长 老 王　你这样的卑劣小人,不配祭拜阿力威神。

〔沙马沙依回头,微笑着看着拉诺。拉诺似乎又看到希望,急忙向沙马沙依疾走过去。〕

拉　　诺　沙马沙依,我的月亮,救我,救我啊!

沙马沙依　拉诺,以下犯上,刺杀阿力威,此死罪之一;挑拨众人,欲置三十七部于水火,此死罪之二;阴险歹毒,残害磨弥鬼主与王子,此死罪之三。此人背信弃义,卑劣无耻,本该碎尸万段,然,本鬼主以仁义教化部盟,故免去其死罪。

〔拉诺惊喜万分,满脸笑容,如释重负。〕

沙马沙依　此贼死罪虽免,活罪难逃。壮士们,将此贼锁于阶前,亲手为阿力威神修建庙宇,命他日日祈祷,夜夜祭拜,忏悔他的罪过。若有怠慢,人人得而诛之。

〔拉诺顿时瘫倒在地。〕

众 壮 士　尊大鬼主令。

〔众壮士拖着瘫软的拉诺下场。〕

沙马沙依　阿力威,我的男人、我的勇士,今日,我身着婚衣祭拜你，我永远都是你的耐德、你的妻子，阿力威，你听到了吗？

〔沙马沙依在画像前祈祷、起舞，随即登上高台，将阿力威的画像捧在手中。〕

沙马沙依 　三十七部本是同根同族，理当和平共处，永结盟好。让我们歃血为盟，以鲜血、黄金和朱砂为证，自今日起，结为盟好，立碑为誓，传予后人。愿我们的友谊如黄金般坚硬，似朱砂般赤诚。

〔众壮士将一块巨型石碑抬到正中阿力威画像之下。〕

〔长老王挥毫撰写碑文，大屏幕上碑文内容依次展现。〕

〔大理使臣带众人齐声诵读。〕

众　　人 　明政三年，岁次辛未，宣谕蹮奉承□□，统□戎行，委服□恩，抚安边塞。是以剪除迤众镇长奇宗、求州首领代连弄、兔覆、磨乃等三邑，统置迤众镇。以二月八日回军，至三月七日到石城，更讨杧贼郎羽□、阿房田洞、合集卅七部□伽诺、十二将弄略等，于四月九日斫罗沙一遍，兼颁赐职赏。故乃共约盟誓，务存久长，上对众圣之鉴知，下揆一德而□血。

〔高台之下，众鬼主顶礼、祈祷。〕

〔收光〕

〔落幕〕

（剧终）

话剧《铜之骨》

创作立意

本剧重现清朝末年、民国初年、抗日战争三个时期铜都会泽的生活场景,反映动荡历史背景下,不同阶层的人物起伏跌宕的命运,分三幕展现了:工匠精神与为商之道、民族气节与国家尊严、守土之心与为人之骨。本剧将家族命运融于民族大义之中,展现了云南各族人民在家国危亡之时,团结一致,抗击外侮的民族情怀。

故事梗概

汤念祖避难会泽,遭同行排挤,但仍顶着同行的打压,帮章爷打造传世之作九层佛塔。长子血洒台儿庄,更坚定了汤念祖抗战的决心,他联合多方力量,开挖铜矿,运送抗战物资。各族人民在炮火中,守护着自己的国、自己的家。

故事大纲

第一幕(工匠精神与为商之道):汤念祖避难会泽,意外得到一处富含生铜的荒山,却遭到同行排挤。章爷为打造展示大国工匠风范的传世之作——九层佛塔,贫困潦倒。汤念祖感念章爷大义,为他免费提供生铜,遭到钱三爷、赵彼得联手打击。汤念祖在章爷和金花嫂的帮助下,才勉强在会泽站稳了脚跟。

第二幕(个人利益与国家尊严):民国初年,赵彼得已成为会泽商会的实际控制者，他逼迫工匠们为他生产斑铜器皿，出售盈利。章爷为了国家尊严，决定打造九层佛塔出国参赛，赵彼得却企图私吞佛塔。钱三爷和汤念祖在与赵彼得的斗争中冰释前嫌，他们帮章爷赢得了参赛资格。融入中华文化和云南情怀的佛塔获得国际大奖。

第三幕（守土之心与为人之骨）：抗战期间，滇缅公路被日军炸毁，汤念祖长子汤敬业战死台儿庄。汤念祖决定抗战到底。他联合各派力量，组建马帮、开挖矿洞，鼓舞大家加入抗击外侮的行列。不同民族的人们，在炮火声中，守护着自己的国、自己的家。

人物简介

汤念祖：男，1875年出生，汉族，曾是参与起义行动的革命义士，因行动失败，家人惨遭清政府杀害，避难至会泽做了铜商。虽历经磨难，依旧保留着文人的骨气和革命者的勇气。

金花嫂：女。自幼被遗弃，又数度被转卖，出生年月及民族不详。她苦心经营斑铜易栈，养育十几个如自己一样身世悲凉的弃儿。八面玲珑，心地善良。

钱三爷：男。1875年出生。汉族，老派商人，祖上迁居会泽，以斑铜为业，逐渐成为会泽首富，担任铜业会泽商会会长。思想保守，却也保有做人与为商的底线。

赵彼得：男。1885年出生。汉族，新派商人，假洋鬼子。为盈利不择手段，不惜与外敌相勾结。

章　爷：男。1872年出生。回族，斑铜世家传人，人称铜疯子。恪守手艺人的情怀，以打造一个可传世的大器为己任。

粟　粟：女。1897年出生。布依族，金花嫂收养的孤女，斑铜易栈伙计。

小六子：男。1897年出生。汉族，金花嫂收养的孤儿，斑铜易栈伙计。

邱黑皮：男。1881年出生。汉族，当地无赖，见风使舵，"有奶便是娘"。

汤照莹：女。1906年出生。汤念祖女儿，有汉彝血缘，红色武装领导者,刚烈勇敢。

汤敬业:男。1895年出生。汤念祖长子,国民党新军将领。

窦军长:男。1882年出生。壮族,土匪出身的小军阀头子。

阿奇力:男。1888年出生。彝族,毕摩。

孙　爷:男。1867年出生。汉族,斑铜工匠。

莫　爷:男。1869年出生。斑铜工匠。

小　娃:男,1940年出生。金花嫂的孙子。

各族商人、村民、纳西族马帮客、军阀、士兵等。

序　幕

时间:1910年秋季
地点:会泽斑铜易栈
场景:斑铜易栈外景

〔一群穿着蟒袍、罗裙,带着傩戏面具的人舞蹈着,令人恐惧的面具、猛兽般奇异的动作,一切都显得神秘、诡异。〕

女　声　金沙江畔,乌蒙之巅;铜都会泽,金钟照晚;商贾云集,斑铜璀璨;斑铜易栈,独此一间;百家垂爱,众神眷恋;天赐福泽,昌盛平安。

女　声　这里有什么啊?

女　声　这里有什么呢?

女　声　(小声)接词啊!

男　声　(童音):北京烤鸭里嫩外脆,

女　声　保证让你流口水;

男　声　陕西肉夹馍不是吹,

女　声　不吃几个你不会回;

男　声　湖南腊肉真是美味,

女　声　配壶好酒不会醉。

男女合　无论您是哪里人，都能找到家乡味。

女　声　南来的客商爷，北走的马帮客，吃顿对口饭，听回奇异的词。

男　声　矿洞张开血盆口，一口一个吞活人。怕不怕？

女　声　怕？有啥怕？生死有命，富贵由天。苍龙山上飘经幡啊，普度庵里招魂魄。魂兮，归来啊！

众　唱　魂兮，归来啊！魂兮，归来啊！魂兮，归来啊！

〔悠长的声音中，一个傩戏演员开始打晃，被人一推，摔倒在地。他顺势摘掉面具，露出一张孩子的脸，睡眼惺忪地打着哈欠。另一个人也掀开面具，是个同样稚嫩的女孩。〕

粟　粟　小六子，你又偷懒？跳着傩，你都能睡着啊！

小六子　（顺势一躺）天不亮就起，困死了。

粟　粟　快起来啦，一会儿客人就来啦。

〔小六子赖着不起来。旁边的几个演员也摘掉面具，一群半大孩子或躺或坐，打着哈欠，迷迷糊糊睡着了。〕

粟　粟　（跺脚）你们！你们……金花嫂，你看他们。

第一幕　工匠精神与为商之道

时间：1910 年初秋，清晨

地点：云南会泽斑铜易栈

〔斑铜易栈的大匾艳丽光鲜，店中陈设花团锦簇。一身白族盛装的金花嫂在店中忙碌。听到粟粟的喊声，金花嫂快步走出，满身银饰、环佩叮咚作响。〕

〔她用抹布打着躺成一片的傩戏演员。小六子和一群孩子嬉笑着站起来。〕

金花嫂　起来、起来，演不好，别想吃饭。

粟　粟　金花嫂穿这么好看，今天谁来啦？

金花嫂　今天可是大日子，洋人要来咱店里开会！

小六子　是开洋茶馆那个？

金花嫂	不是那个,是个假洋人,可比那真洋人还洋,一会儿就知道了。小六子,又是你带头偷懒吧?
小六子	我没偷懒,就是困得睁不开眼。
金花嫂	(嗔怪)你就是个瞌睡虫。快练,快练。假洋人来开会,没准儿生意能好起来,到时候天天给你们煮火腿吃。
小六子	真的啊!那行,赶紧练。
粟　粟	馋鬼!就知道吃。

〔傩戏又咿呀呀地唱起来、舞起来。〕

〔钱三爷把玩着手串上场。邱黑皮一脸阿谀地笑着,弓着腰陪在身后。〕

小六子	钱(爷)……来了。
钱三爷	你这北方娃娃说话真不中听,让你一喊,咋就成钱来了。
金花嫂	钱爷,您是会泽首富,又是商会领袖。您一来,可不就是财神爷来了。
钱三爷	你不光脸上抹粉,嘴上也抹了不少蜜吧。大清早的,娃娃们这是干啥?
金花嫂	赵彼……赵爷说让孩子们搞点热闹,给大家助兴,这不……
钱三爷	罢了,罢了。让娃娃们歇了吧,我好个清净。
金花嫂	好清静是您有品。孩子们,下去歇会儿吧。

〔孩子们应声欢天喜地地下场。〕

金花嫂	钱爷,要不要给您点个"灯"歇歇儿?
邱黑皮	就是,人家都说,来斑铜易栈点个"灯",喝口茶,听听普度庵招魂的事,就算有啥烦心事,"咕咚"一下也就给按下去了。
钱三爷	这女人口蜜腹剑啊!那玩意儿官府早就禁了,你可不要再弄那东西。
金花嫂	钱三爷当真?我一个女人家,带着些娃娃,哪儿敢违抗官府指令啊。
钱三爷	说到这东西我就后怕。为了甩掉它,没死我也狠狠脱了几层皮。

金花嫂　　钱爷就是刚强，大烟这东西，有几个能甩得脱。是吧，黑皮爷？

邱黑皮　　就是，就是，常人怎可与钱爷比！

金花嫂　　钱爷，您上座，刚到了点孟连土司家的老树普洱，金贵着呢。您不先尝尝，谁还敢喝？

钱三爷　　土司家的老树茶都能找来，金花嫂可真是个能人。

金花嫂　　啥能人啊。自从改土归流，土司家也就剩了个空架子了，他不卖茶咋养活一大家人？

钱三爷　　说来，孟连土司和我还是故交，哎，世事无常啊。

〔金花嫂手脚麻利地沏好茶，端到钱三爷面前。〕

金花嫂　　您闻闻，这老树茶就是醇香，看这茶汤红艳艳的，就像洋人的红酒，又甜又润的。咱啊，凡事都得往好里想。要不是朝廷改土归流，我这小店能喝到这么好的茶？

钱三爷　　（品茶）嗯嗯，这茶却真是好茶，自那年喝过一盅倒也十年了。

金花嫂　　好茶也是好价格，钱爷今儿个可得多赏几个，我好给孩子们煮块火腿，打打牙祭。

钱三爷　　（大笑）金花嫂啊，这茶钱啊，你还真赚不了我的。今天有人做东。

钱三爷　　黑皮，这赵跛的，这名咋这绕口呢？

邱黑皮　　彼得，赵彼得，人家是洋名。

钱三爷　　赵家小厮，出去吃了几天洋饭，连名字都改了。只怕不用多久，连祖宗的姓氏也不要了。

邱黑皮　　姓氏哪能改，赵老太爷还不得气死。

钱三爷　　管他跛的、秕的，他约我谈事，现在还不见人影。呵呵，莫不是刻意让我候着他？

邱黑皮　　他哪敢。怕是就来了。金花嫂，土司家的茶，给咱也弄一盅尝尝。

金花嫂　　黑皮，你又吃又拿也不是一天两天了，是不是该把账算算了？

〔邱黑皮瞪了一下眼，随即看看钱三爷又堆起笑来。〕

邱黑皮　　好说，好说。

钱三爷　黑皮，女人家开个店不容易，又捡了这些个没人养的可怜娃娃，有几个人做得到？你可不能欺负人家。

邱黑皮　不敢，不敢。

〔两个穿着粗布短衣的斑铜匠和两个穿布长衫的矿主上场。一身洋装的赵彼得和系着围裙的章爷拉拉扯扯地跟着。〕

〔金花嫂远远看到，立即快步相迎。〕

金花嫂　赵爷、章爷，大家快请进。

〔邱黑皮陡然矮了半截，缩着身子，一脸谄媚地迎了上去。〕

邱黑皮　赵爷，我把钱爷请来了，在里面候着您。

〔赵彼得并不搭理金花嫂和邱黑皮，使劲拉着一直挣扎着要走的章爷说话。〕

赵彼得　章爷，你是斑铜名匠，没有你怎行？

章　爷　有啥好说的啊？我豆腐还没卖呢。

〔看到一行人，钱三爷缓缓起身，老远一抱拳，赵彼得急忙躬身行洋礼，但钱三爷只是向章爷见礼。赵彼得脸上笼上了一层不悦。〕

钱三爷　章爷，您老怎么卖起了豆腐？

章　爷　这兵荒马乱的，日子艰难啊，不卖豆腐咋办，我那一家老小，吃不起粑粑，总得喝口汤吧。

钱三爷　现在确实不比当年，但也断不至于如此啊。

章　爷　咋不至于？别看大家都生挺着，整天呼来喝去，互相攀比，其实啊，日子咋样，心里都明镜一样。如今朝廷、官家都自顾不暇，哪还顾得上我等小民。这些矿挖了怕有一百多年了吧，矿洞都挖干了，得的利还抵不上砂丁的卖命钱。再看看周围的山吧，都砍光了，成了一个个秃顶老倌，就算能挖到铜砂，拿什么炼啊？

钱三爷　唉！章爷说话就是敞亮。坐，先坐下。

〔钱三爷拉章爷坐下，大家也落座。〕

金花嫂　各位都坐，小六子、粟粟，赶快给大家沏茶、加水，我去准备餐食。

〔小六子和粟粟上场，在桌子间穿梭。金花嫂欢快地下场。〕

钱三爷　矿洞生意确实越来越难做，但您老做的斑铜器物，谁不稀罕？要不是您非想着做个大器，我就算扫扫家底，也想再收几件宝物。

章　爷　钱爷抬举了。孙爷、莫爷做的斑铜器物，哪个不是宝物？可现在满会泽，还有几家有闲钱买斑铜？如今啊，我也想明白了，就想把九层佛塔做好。人活一辈子，总得给后世子孙留下点东西啊！

钱三爷　（拱手致敬）做一件能展示工匠风范的大器，传之后世，留之子孙。章爷，您老是在为咱这一辈人立碑啊。老朽能做什么，您只管吩咐，只是这豆腐可不能再卖了，这是打我们这些庸人的脸啊！

章　爷　啊呀，差点忘了我的豆腐。

〔章爷转身要走，赵彼得急忙拉住。〕

赵彼得　章爷，这次请您老来，说的就是买卖的事，并且是大买卖。

章　爷　我只会做斑铜、做豆腐，做大买卖我可不会。

赵彼得　您老不用会，这不还有我，对，还有钱爷啊！

钱三爷　行，该来的怕也都到齐了，有什么你就说出来听听。

赵彼得　钱爷、章爷，如今朝廷式微、铜矿干枯，会泽人的日子都过得艰难，可上海大老板的腰包还鼓鼓的。我带来一个图样，先请钱爷看看。

〔赵彼得将一张纸样递给钱三爷，钱三爷皱皱眉头，随手传给章爷。章爷瞅了瞅又传给其他工匠。〕

钱三爷　你做斑铜器，找章爷他们便是了，叫我来是何用意？

赵彼得　斑铜的原料生铜向来奇缺，现在更是可遇不可求。如果钱爷能把生铜汇集起来，大家合力，一定能做成这笔大买卖。

〔钱三爷把玩着茶盏，转着眼珠。〕

钱三爷　我好像听明白了，就是说，让老朽和商会都听你使唤，为你找生铜，做器物，可是此意？

赵彼得　NO，NO！

钱三爷　啥什么啥？

赵彼得　NO是洋文，就是不是。

钱三爷　那是还是不是？

赵彼得　晚辈断然不敢使唤钱三爷。我借用的是英吉利人的法子。洋人做生意讲究分工，有的供料、有的加工、有的贩卖，最后按劳分账。来的时候运大烟、洋布和洋油，走的时候带香料、茶叶和瓷器，就这一船，一来一回，您老想想，这得赚多少银子？如果我们也能……

钱三爷　除了贩大烟，我真看不出他们有何玄妙。商会已经严令戒烟了，看看黑皮，几年前也是个有头有脸的后生，自从沾上大烟，活得人不人鬼不鬼，只能跟着你这般小厮瞎混。

〔钱三爷出言不逊，赵彼得面露怒意，但很快又挤出一堆笑容。〕

赵彼得　贩大烟那种事，我断然不会沾手。斑铜是会泽神物，若能送到上海滩，卖给洋人，把他们赚我们的钱，连本带利给赚回来，岂不是大好事？

章　爷　哎，赵那啥爷，你画的这是个什么东西？怪里怪气的。

赵彼得　这可是上海滩时髦的用具。我请大家来，就是要做一批这样的斑铜器，往上海一卖，肯定大赚一笔，到时候，咱的荷包也能鼓起来。

邱黑皮　对，对。用咱的手艺，赚他们的钱。

〔钱三爷瞪了邱黑皮一眼，也斜着赵彼得。〕

莫　爷　真的啊？

孙　爷　啥图样，我瞅瞅。

莫　爷　圆圆的，像是个盒子，做啥用啊？

赵彼得　装胭脂、装香粉，上海女人爱打扮，西洋运来的铁盒子，一个都能卖上十好几两银子。若是咱的斑铜盒子，没准能卖上四五十两。

孙　爷　鸡蛋大的盒子，也用不了多少铜料，若能卖到四五十两，倒是真有不少利润。

莫　爷　对啊，这个是可以做做。

钱三爷　　章爷，孙爷、莫爷都要做这鸡蛋盒子，您老不想试试？

章　爷　　（摇头）我啊，和斑铜混了这几十年，越发觉得斑铜可不是铜，它不光有形，还有魂。这般器物，我怕是做不了。

钱三爷　　我就知道章爷这样的名匠，断不会趟这浑水。赵跛……你刚刚也说了，斑铜是会泽的神器。你父辈就来会泽了，做这个东西，就不觉得亵渎？

赵彼得　　商人讲究趋利避害。如今大家生计艰难，商会会长若不换个思路，以后别说喝这般好茶，怕真的是连粗茶汤都喝不上了。

钱三爷　　与祖宗的章法和体面相比，好茶、孬茶有何重要？

〔章爷站起身，拱手与钱三爷道别。〕

章　爷　　钱爷，我走喽，豆腐还晒在太阳下面，要馊喽。

赵彼得　　别走啊，我话还没说完。听说你的九层佛塔快完工了，你开个价，有个富人想在佛堂放这么个东西。

章　爷　　（愤怒）东西？价钱？这九层佛塔就是我的命。你会卖你的命吗？你给你的命开个价？

赵彼得　　章爷,您做器物不就是图利？不卖了,莫非想做一辈子豆腐？

章　爷　　做豆腐咋啦？做豆腐、卖豆腐我能活得坦坦荡荡，不用把斑铜拿去装脂粉。

赵彼得　　（大怒）章爷，实不相瞒，我手里有的是斑铜匠。只不过看你谋生不易，好心请你加入，竟然这般不识好歹。

章　爷　　对喽，我还就是个不识好歹的人。走啦！走啦！

赵彼得　　既然你不给面子，我也给你讲明利害。会泽的铜料我都包了，从今以后，你别想再得到一点生铜。我看你拿什么做你的大器。

〔走到门口的章爷愣了一下，然后转回身静静地看看赵彼得。〕

章　爷　　行啊。蛇有蛇的道，人有人的道，各自安好吧！

〔章爷平静地回身，跨出斑铜易栈。〕

〔一直在冷眼旁观的钱三爷突然面露惊诧，急忙起身拉住正要出门的章爷。〕

钱三爷　章爷，等等，不差这一时半会儿。

钱三爷　（对赵彼得）你包了会泽的生铜料，这事为何没有告知商会？

〔赵彼得不答。〕

钱三爷　（对矿主们）你们都答应他了？

矿主甲　钱爷，您也别怪我们。这年头，家家都勒紧裤带过日子，谁嫌银子压手啊。谁给的银子多，就卖给谁呗。

〔赵彼得大笑。钱三爷满脸怒色，正想继续追问，章爷已经出了大门。〕

钱三爷　赵家小子，我也告诉你，好歹我还是商会会长，没有我的点头，你在会泽寸步难行。

〔钱三爷转身出门，要去追章爷。〕

〔邱黑皮着急地拉拉赵彼得的袖子。赵彼得一甩衣袖，悠闲地端起茶杯。〕

赵彼得　钱爷，你不是一直惦记着汤念祖的矿洞吗？此人片刻就来。

〔走到门前的钱三爷和章爷都停下脚步，暗自沉吟。〕

赵彼得　黑皮，人怎么还不来？

邱黑皮　他说去矿洞看看就来，怕是快到了。

赵彼得　还不去催，莫非还要我候着他不成。

〔邱黑皮撒腿跑出。〕

〔钱三爷疑惑地看着赵彼得。〕

钱三爷　汤念祖是个独狼。能和你合伙？

赵彼得　这样的年景，除了钱爷，哪个不得为一日三餐犯愁。

章　爷　不可能啊，我没听他说起。

〔赵彼得看看俩人，继续喝茶。〕

小六子　（喊喝）汤爷，您来啦！里面请。

汤念祖　哪里来的爷啊，以后叫叔就行了。

小六子　行，汤叔。

〔身形清瘦的汤念祖，满头满脸的灰尘，一身粗布短衣，吃力地背着一个沉甸甸的竹篓，一脸谦卑和善的笑容，见到众人连连施礼。〕

〔小六子吃力地帮汤念祖卸下竹篓。〕

小六子　叔，装的啥啊？这么沉。

〔小六子好奇地去掀苫布，汤念祖急忙拦住，还悄悄对小六子使了个眼色。〕

汤念祖　大家早来了，失礼，失礼。

章　爷　（拉住汤念祖）汤老弟，你要和这个假……洋人合伙？

汤念祖　合伙？合什么伙？

赵彼得　（拱手）汤爷，有礼。

汤念祖　（还礼）有礼，有礼。

赵彼得　这次请汤爷来，是想商量一件生意上的事。这些年，西洋人赚足了我们的银子，我约大家是为了集会泽之力，靠手艺挣他们的银子。

汤念祖　我就是个粗人，只能做点养家糊口的营生。赵爷的大生意，我全然不懂，就不掺和了。

赵彼得　怎能说是掺和？您看，钱三爷也来了，大家何不商议一下。即便不考虑自家生计，你就忍心看着章爷这样的名匠，靠卖豆腐为生？

〔钱三爷站起身，从怀中掏出一把手枪，平端着枪口，冷眼看着众人。〕

〔在场的人都紧张地直往后躲，汤念祖急忙将章爷挡在身后。〕

赵彼得　钱爷，你这……这是……

〔钱三爷露出笑容，将手枪托在手上，恭敬地递给汤念祖。〕

钱三爷　汤爷果真英雄。早就听说汤爷斗黑矿、救砂丁的义举得罪了不少亡命之徒，老朽敬佩汤爷为人，置办了这个小物，供汤爷防身之用，也算是宝剑赠英雄。

汤念祖　（一躬到地）不敢，不敢，这么贵重的东西。汤某就是一个书生，黑矿是砂丁弟兄合力掀翻的，汤某岂敢贪天之功？倒是小女照莹行为乖张，前些日子打伤了贵公子，汤某在此赔罪了。

钱三爷　（大笑）真是虎父无犬女啊，我对令爱甚是喜爱。汤爷若

　　　　　　不嫌弃犬子孱弱，老朽倒有心与汤家结亲，我们两家成秦晋之好。
汤念祖　　蒙钱爷不弃，汤某感恩备至。小女尚且年幼，待及笄之年，定然托媒妁上门提亲。
　　　　　〔两人文绉绉地客套让在场的人直犯迷糊。〕
章　爷　　你俩说的啥呢？我咋听不懂。
钱三爷　　我们是说，我们两家不仅要合作，还要结儿女亲家。
章　爷　　汤爷是外乡人，孤单得紧啊，要是能和钱家结亲，也就不怕有人欺负了。哎，对了，我的佛塔就剩底座了，汤爷还得帮我找点生铜啊。
　　　　　〔汤念祖笑而不答，使了个眼色，悄悄指指沉甸甸的竹篓。〕
章　爷　　（按捺不住）找到了？让我看看。
汤念祖　　唉唉……
　　　　　〔汤念祖急忙阻拦，但无奈大家都已经围拢过来。〕
钱三爷　　汤爷弄来的肯定是好料，正好遇到，我也开开眼界。
孙　爷　　我也看看，好几年没见过一块像样的铜料了。
汤念祖　　我不懂铜料，侥幸找到这块，好与不好，还得章爷评判。
　　　　　〔章爷已经打开了盖在上面的褡裢，将铜料抱在怀中，先是对着太阳仔细查看，又闭上眼睛细细摸索。章爷渐渐激动起来，浑身颤抖，泪水夺眶而出。〕
　　　　　〔斑铜匠和矿主等人也围上来观看。〕
孙　爷　　老天啊，这大块的料，哪儿找的啊？
莫　爷　　别看块头，看看这通体埋金，透着紫红，多少年没见过这等好料啦！
　　　　　〔莫爷伸手想摸铜料，章爷急忙挡开，紧紧抱在怀里。〕
莫　爷　　我又不要，摸摸都不成？
章　爷　　不成，不成。
　　　　　〔章爷满脸笑容却已满脸泪水。〕
　　　　　〔金花嫂、小六子、粟粟端托盘上场。〕
金花嫂　　虹鳟鱼、红烧肉，红红火火出锅喽。

〔大家不为所动，依旧围着章爷手里的铜料。〕

金花嫂　什么稀罕物啊，饭菜香都闻不到。你俩给大家摆上。

〔金花嫂让小六子和粟粟在桌子上摆菜，自己也上前查看。〕

金花嫂　这么大块啊！莫非是生铜？

章　爷　汤爷，这等好铜料给我做佛塔，我可咋报答啊？

汤念祖　章爷言重了。您做九层佛塔是给会泽积福，我怎能袖手旁观？

〔章爷抱着铜料对汤念祖纳头便拜。汤念祖急忙伸手拦住。〕

章　爷　大恩不言谢，我……我给你磕头了。

汤念祖　章爷，你这……我怎么担当得起。

章　爷　当得起，当得起啊……

钱三爷　让章爷都稀罕的铜料，看来非同寻常。都说汤爷寻到了一处生铜矿脉，看来果有其事。

汤念祖　哪里有什么生铜脉啊，大家都知道，生铜素来有脚无根，我带全家搜寻数月，也就找到这一块。

钱三爷　汤爷，你就别瞒着了。都说一两金一两铜，如今生铜价怕是早就超过了黄金，这么金贵的铜料，旁人怎么找不到啊？

汤念祖　佛祖保佑，这真是佛祖保佑啊！

钱三爷　章爷，我敬重您老造大器的心愿，可这生铜料着实难得，我怕是要和您老争上一争了。

钱三爷　汤爷，你出个价，我看看抖了家底，能不能买得起。

〔在一旁喝着茶冷眼旁观的赵彼得缓缓站起身，缓步上前。〕

赵彼得　做买卖就讲究个公平交易，这块料我也看上了，大家不妨叫叫价。

〔章爷抱着铜料，既紧张又无奈，眼巴巴地看着汤念祖，不住地鞠躬。〕

〔金花嫂偷眼观察汤念祖的举动。〕

汤念祖　钱爷、赵爷，汤某怕是要驳二位爷的面子了。早前就答应了帮章爷找些铜料造佛塔，岂能言而无信啊？

赵彼得　章爷如今一日三餐都要靠卖豆腐勉强维系，莫非你打算用

		铜料换豆腐吃？这块料换的豆腐，怕是够全会泽人吃上数年了。
章　爷	（急得直抖）我……我是没有银子，可这铜料……要不我用房子抵债。	
赵彼得	章爷，您家的宅子已抵给我了，剩下的几间老屋，怕是也值不了几两银子。再说，若抵出去，你莫非要带一家人露宿街头不成？	
汤念祖	章爷，切莫担心。我答应您的，定是说话算数。铜料您拿走，日后有了钱，再给不迟。	
		〔章爷喜极而泣，连连鞠躬。〕
章　爷	汤兄弟，有了这块料，佛塔就不愁了。老朽也不能昧心，今后这佛塔就是咱俩的啦。	
汤念祖	章爷，可不敢当。那是您一生的心血啊。	
章　爷	就这么定了。	
		〔金花嫂看着汤念祖，脸上露出一丝笑容。〕
		〔章爷抱着铜料离开，几个铜匠和矿主也好奇地追在身后。〕
孙　爷	章爷，等等……这老东西，我总归要看看。	
众　人	我也没瞧到哦……走，瞧瞧去……	
赵彼得	等等，哎，你们别走。	
		〔众人追章爷离去，赵彼得急忙跟着出门去追。〕
汤念祖	烦劳金花嫂给煮碗米粉吧。天不亮就上了山，到现在水米还没打牙，着实饿得不行了。	
金花嫂	不烦劳，我给你多加几勺卤肉。	
		〔金花嫂手脚利落地匆匆走下场。〕
钱三爷	汤爷不计得失，资助章爷，老朽甚为赞赏。但会泽这么多斑铜工匠，都因缺少铜料，等米下锅，也不能置之不理吧。	
汤念祖	钱爷，这可难为我了。寻了许久碰巧遇到这一块，我哪里再找那么多啊。	
钱三爷	早听说汤爷在黑矿时得了高人真传，有找生铜矿脉的法子。现在没有旁人，可否给老朽传授一二。	

汤念祖　钱爷，上回我就和您说过，买这座山确实得了老砂丁柳爷指点，可是，找矿脉哪里有法子啊？

钱三爷　也就是说，你还是不肯教了？

汤念祖　哪里敢说不肯，确是没有法子啊。

钱三爷　老朽多次屈膝上门请教，还想和你结成儿女亲家。这么大一块铜料，你眼睛不眨就给了章爷，还敢继续敷衍推脱，就不怕伤了和气？

汤念祖　钱爷，我是外乡人，来会泽讨个活路，怎敢敷衍您啊？可您也知道，找生铜一靠磨鞋二靠命，是真没有其他巧法子啊！

钱三爷　（大怒）汤念祖，你……

〔赵彼得不顾形象地大喊着跑上场。〕

〔金花嫂听到吵闹，也急忙赶来。〕

赵彼得　汤念祖，你到底种了什么蛊，本来说得好好的事，被你搅黄了。

汤念祖　种蛊？种什么蛊啊？哎呀呀，我今天出门前，应该看看皇历。这，这算是怎么回事啊！

钱三爷　汤念祖，你别再装什么清白。作为商会会长，我有权维护交易公平。你买下的是会泽的龙脉，商会同僚早就多有微词，你若不肯虑及众工匠和商贾生计，我便以商会的名义，收回这个山头。

汤念祖　钱爷，那本是他人舍弃的秃山，咋就成了龙脉？我是用在黑矿卖命的钱买下来，哪能说收回就收回？

赵彼得　汤念祖，你买这座山，只花了区区几十两银子，旁的不说，就今天这一块生铜，便可获百倍、千倍之利，这不算不公平？

钱三爷　如果生意显失公平，商会有权收回由大家共同开采。

赵彼得　对啊。山是会泽的，山上的铜料也应该由会泽人平分。

汤念祖　如果我不答应呢？

赵彼得　只要钱爷一声令下，莫说山上的头人，就算邱黑皮这帮小厮动个手，怕是你一家老小在会泽连碗粥也喝不上了。

〔钱三爷和赵彼得彼此领首示意。〕

汤念祖　钱爷、赵爷，何必这般苦苦相逼？我买山有官府的山契，钱爷和赵老爷子也都签了字，做了公证啊。

〔钱三爷拿起桌上的手枪，"啪"地拍回到桌上，赵彼得和金花嫂都吓得一哆嗦，大家都面色凝重，气氛变得更加紧张。〕

钱三爷　汤念祖，这是会泽，轮不着你这外乡人炸刺。回头半条命都找不到了，捂着手里的财，又有何用？

〔钱三爷虎视眈眈地盯着汤念祖，汤念祖静静地看看钱三爷。〕

汤念祖　钱爷，赵爷，会泽也不是域外之地，也要遵循官家法度。

〔金花嫂醒了神，急忙上前解劝。〕

金花嫂　哎呀，看我都忘了给大家倒茶了。来，大家坐，坐。这老树茶真能醉倒人咧！

〔金花嫂拎起茶壶快步走到钱三爷面前，斟满茶碗，顺势将茶壶放在钱三爷和手枪之间。〕

〔钱三爷正想将手枪拿回，金花嫂一转身，将手枪抄起，装进自己的口袋。〕

金花嫂　大家从天南地北来讨生活，都不容易。要我说啊，和章爷比起来，咱大家都是外乡人。钱爷，您喝茶。

〔钱三爷若有所思地看看金花嫂。〕

赵彼得　一个卖豆腐的，本地人又能怎样？

金花嫂　章爷这人倔。宁可卖豆腐，也不肯开口求人。但这些年啊，莫说彝族的毕摩、纳西的和家马帮，就连黑虎山上的头人，哪个没得过章爷的照应，哪个不得给他个面子？

赵彼得　钱爷，那老东西有这般人脉？

钱三爷　你懂什么？

金花嫂　章爷的为人大家都知道，这事他能袖手旁观？莫说旁的，就算和家马帮出个头，怕是大家的生意都没得做喽。要我说啊，大家看我的薄面，互相让一步。汤兄弟，你初来乍到，多给商会交点利钱。钱爷，您就当他不知好歹，互相给个面子，不就过去了？

赵彼得　面子？你个嫁过无数人家的烂婆娘，还有什么面子？你在这里瞎搅闹什么？莫非你和姓汤的也有一腿？

汤念祖 赵爷，有话说话，不要牵扯无辜。

〔金花嫂背过身去肩头抽动，钱三爷狠狠地瞪了赵彼得一眼。〕

〔汤念祖一脸愤懑，快步走向金花嫂，想劝慰，又不知如何开口。〕

〔金花嫂突然一转身，用帕子抹掉眼角的泪水，露出一丝媚态的笑容，拉住汤念祖的胳膊。〕

金花嫂 赵大少爷，您老说对了，我还就喜欢这大老爷们儿。咋啦？大少爷，您连这也管？

赵彼得 谁管你的破事。滚开，不要搅黄了老子的买卖。

金花嫂 哟，赵家大少爷的手段谁人不知？不过，我这个烂婆娘，也有些脾气。

赵彼得 呵呵，一个靠人赏饭吃的婆娘，还脾气，我怕你不成？

金花嫂 哎，你还别把人都看扁了。若非黑虎山上的头人发话，我敢在会泽讨生活？大家好好说话，一切都好商量，如果赵大少爷还这样骂骂咧咧，我又何必顾及交情？

〔钱三爷皱着眉，沉默着站起身。〕

赵彼得 钱爷，不能听这婆娘的疯话，我就不信，她有这本事。

钱三爷 闭嘴！你闭嘴！

赵彼得 钱爷总得定个章程，我和上海滩老爷们谈好的生意，这亏空怎么补？

金花嫂 赵大少爷还做什么斑铜？您那大烟生意一本万利，我们都羡慕死了。要不是商会和官家管得严，我也想跟着掺和掺和呢。

〔赵彼得看看一脸愤怒的钱三爷。〕

钱三爷 金花嫂已经说到这个地步，我也不好再说什么。不过，三十年河东三十年河西，谁都有求人的时候，汤念祖，咱走着瞧。

赵彼得 钱爷，就这么走了，这算怎么回事？

〔钱三爷拂袖而去。赵彼得虽不甘心，但没了依仗，只好气

呼呼地下场离去。〕
汤念祖 金花嫂，今天的事，你让我怎么谢你啊！
金花嫂 唉，汤兄弟，会泽这地方啊，你诸事小心。
〔汤念祖深鞠一躬。〕

第二幕　个人利益与国家尊严

时间：1915年初秋，中午
地点：云南会泽斑铜易栈

〔村民们拖儿带女四散奔逃，一队士兵紧随其后，一边追赶，一边抢夺东西。〕
〔窦军长率一队人马，扛着抢来的东西，拖着神志不清的粟粟，大摇大摆地走过。窦军长发出狂妄的大笑。〕
〔两个疲惫不堪的马帮客缓缓上场，放下货物，坐在街边台阶上歇脚。一人吹起葫芦丝，另一人唱起《赶马调·还家团圆》。〕

马帮客 去时骡子去时鞍，头骡二骡走进庄。项上马铃依然在，叮叮当当多响亮。债主听到大铃响，忙把本利一齐算；人未坐稳催单到，催债好似饿虎狼。乡亲听到大铃响，知道游子归故乡。一把扯住马笼头，还没问话泪成行。娃娃听得大铃响，马前马后一大串。错认我是远处客，猜我来此干哪样。二老听得大铃响，双双摇头轻轻叹：我儿久久无音信，切莫错把路来望。头骡来到大门口，跨过门槛踏进院。二老猛见头骡到，望我忘把驮子端。妻子抱儿门边站，低下头来泪盈眶；顺手接儿抱在怀，儿不识父哇哇嚷。

〔光起〕
〔金花嫂拎着茶壶步履沉重地走出易栈，一脸愁苦地为马帮客添水。她依旧为白族女子打扮，但衣衫破旧，也没有了一件首饰。〕

金花嫂　别唱了,我这心都让你们唱碎了。
马帮客　唉,日子难熬啊,唱几声散散心事。
金花嫂　喝茶吧,兄弟。
马帮客　唉!
〔斑铜易栈的牌匾略显斑驳,店中的陈设也有些陈旧,几张桌椅,局促地挤在舞台一角,另一旁是一处斑铜打造区,摆着些敲敲打打的工具。〕
〔章爷、孙爷在打造区叮叮当当地敲打着手里的铜料。两个工匠都剪掉了辫子,乱蓬蓬的齐肩发,看上去无比怪异。〕
〔金花嫂返回斑铜易栈,为工匠们添水。〕
章　爷　金花嫂,有劳你喽。
金花嫂　章爷哪里话,您肯来就是给我长脸啊。
章　爷　我这个老不死的,长什么脸啊!
金花嫂　章爷,可不敢乱说,您老结实着呢!
章　爷　结实有啥用?之前清朝时,铜矿枯了,咱想做个大器得靠卖豆腐为生,吃了上顿没下顿。好不容易熬到了民国,以为日子会好起来,可你看看,就算做出斑铜也没人买得起。但凡有点本事的都搬走了,没本事的只能硬着头皮苦熬,应付这一波接一波的军爷、土匪。你说说,这日子什么时候是个头啊?
金花嫂　(对孙爷努嘴)章爷啊,隔墙有耳,人心隔肚皮,您老还是少说两句吧。不知哪句话不中听,掉脑袋的罪就砸在身上了。
章　爷　哼,我这把年纪,黄土都埋到了前胸,想砍头就让他砍,这样的日子,比死了还难受咧。
孙　爷　章爷,不敢瞎说啦,现在不比以前,洋枪比砍头更难受。莫爷就因为不愿意剪成这样的毛毛头,"砰"的一声打在前胸,活活撑了两天才断气,最后流出的血水都成了粉色了。
〔金花嫂哀伤地摇头叹气。〕
章　爷　金花嫂啊,粟粟有消息没?这女娃到底……
〔金花嫂摇摇头,擦着泪。〕

章　　爷　作孽啊！
　　　　　〔章爷抡起木槌，"砰砰"地使劲敲着手里的铜器。〕
孙　　爷　章爷，发火也别朝着斑铜招呼啊，一会儿砸坏了。
章　　爷　砸坏才好。一锤锤敲上一两个月，赵彼得转手就送给了花巷的女人，要不是为了佛塔，我……我做这干什么啊？
　　　　　〔章爷气呼呼地将木槌摔在地上。孙爷突然对着他连连比画。〕
　　　　　〔赵彼得拎着文明棍跑进来。〕
赵彼得　金花嫂，该备的东西备齐没？
金花嫂　赵爷，小六子大清早跑遍了会泽城，除了包子和稀豆粉，啥都没有。
赵彼得　这怎么行？我要和商会的人商量大事，好酒总得备上几壶。还有糖醋虹鳟鱼、红烧肉，也做上几盘。
金花嫂　不是土匪就是兵爷，一天能把我这小店翻上五六遍，你当他们能把这些东西留给我慢慢享用？
赵彼得　什么都没有，至少能沏壶好茶吧？
金花嫂　好在兵爷们不敢惹和老爷，普洱还能凑出几饼，不过是好是孬，我可摸不准。
赵彼得　你家的小厮们呢？他们逢年过节演的傩戏，也还勉强能凑个红火。
金花嫂　凑不起来了。自从粟粟……女娃娃还敢留在会泽？嫁人的嫁人，做活的做活，都走了。
赵彼得　男娃总还有几个，小六子不还在？
金花嫂　统共两个男娃帮我扫扫地、干点粗活，这能演个啥？
赵彼得　咋不能演？俩男娃也能比画比画，演个小戏。
金花嫂　这俩娃连顿饱饭都吃不上，兴许比画不了几下，就能昏死在地上。赵大少爷不怕扫了爷们的兴。
赵彼得　一提起粟粟的事，你就和我较劲。人就是我让黑皮抓走的，你能怎样？我就纳闷了，窦军长虽然做过土匪，可现在是新军的官爷。人家瞧上粟粟，是她的福分。你再这么推三阻四的，可别怪我不客气。

〔金花嫂正要申辩,孙爷上前阻拦。〕

孙　爷　金花嫂,赶快找六子他们准备一下吧,不就是演一出小戏嘛,多长时间没有热闹热闹了。人手不够,我和章……我也能跟着比画比画。

赵彼得　还是孙老头识时务。赶紧准备着,我去接接钱三爷他们。

金花嫂　（大喊）六子、小呆,和我拿傩衣去,大爷们要看热闹。

〔金花嫂气呼呼地下场。〕

〔赵彼得从斑铜打造区路过,瞅着坐在一旁发呆的章爷,一脸不悦。〕

赵彼得　章爷,这个小东西咋还没弄好,我急着用。

章　爷　斑铜自己有魂呢,啥时候能成,我说了不算。

赵彼得　老东西,别给我云山雾罩的。你以为把佛塔藏得严实,我就没辙了?再敢和我对着干,就是掘地三尺,我也给你找出来。

〔孙爷急忙捡起木槌,递给章爷,使劲向章爷使眼色。〕

〔章爷接过木槌开始"砰砰"地敲打斑铜。〕

〔赵彼得瞪了章爷一眼,气呼呼地拂袖而去。〕

孙　爷　章爷,忍忍吧,这假洋鬼子什么坏事都敢干,你就不怕他真把佛塔给抢走了?

章　爷　怕有啥用?汤兄弟说得对,人啊,光忍着不行。

孙　爷　汤念祖说了啥?

章　爷　没说啥。

〔章爷看了看他,继续敲打斑铜。〕

孙　爷　我说章爷,汤家可不是那几年啦,人家不光占着铜料山,还跑马帮、开茶店,去东洋念书的儿子也回来了,听说当了新军的官长了。哎,人家当然是不怕了。咱们啊,还是忍着吧。

〔金花嫂和穿好傩衣、拎着面具的小六子、小呆上场。〕

〔小六子把面具扔在桌子上,坐在木凳上生气。〕

小六子　土匪把最后一袋粮食都抢了,他们都不管,还要演傩戏,

　　　　　　是不是人啊？
金花嫂　想想粟粟，权当为了粟粟，演吧！
　　　　〔小六子长叹一声，抱住头。〕
　　　　〔汤念祖上场，依旧一身短衣打扮，背着一个沉甸甸的袋子，走进斑铜易栈。〕
汤念祖　章爷，孙爷，金花嫂。
　　　　〔章爷高兴地起身迎过来。〕
　　　　〔孙爷老远抱抱拳，低头继续敲斑铜。〕
金花嫂　汤爷，你来了。
汤念祖　还是叫汤兄弟吧，我这样子像个爷？
金花嫂　你那么大家业，整天又背又扛的，不怕人家笑话？
汤念祖　本来就是吃苦的人，谁爱笑话随他去。听说土匪又来祸害你家，我带了点粮食，两个后生还要长身体。
金花嫂　汤兄弟，这可让我怎么谢你啊，现在大家日子都这般艰难。
汤念祖　有啥好谢的，乡里乡亲的，还不得互相帮忙。
金花嫂　小六子，赶快把粮食藏起来，千万别让那帮挨刀的再抢了去。
章　爷　汤兄弟，我有事要和你说。
　　　　〔汤念祖急忙使眼色，用手指指支棱着耳朵的孙爷。〕
　　　　〔章爷还想继续说，汤念祖急忙拉住他，故意大声说话。〕
汤念祖　哦，章爷家里也没了粮食，我一会儿就给您送家里去。
　　　　〔汤念祖从怀里掏出一个小包，上前递给正在装作打铜的孙爷。孙爷打开小包，里面是黑色的东西，他激动万分地站起身，连连鞠躬。〕
孙　爷　汤爷，你可救了我的命啊，你看这鼻涕哈欠的，真真是受不了啊。
汤念祖　孙爷，大烟这东西能戒还是戒了吧。日子再难，咱不还得好好过。
孙　爷　就是，就是。
　　　　〔孙爷拿着大烟，连连鞠躬，一溜烟跑回去吸大烟去了。〕
　　　　〔章爷看着孙爷离去，立即上前拉住汤念祖。〕

章　爷　　汤兄弟,我想好了,再这么忍下去,佛塔迟早还得让赵家那狗崽子抢了去。你说吧,咱怎么干?我听你的。

汤念祖　章爷,这就对了。我就没见过这么欺负人的,佛塔可是您一辈子的心血,是咱会泽的魂,说啥也不能让赵彼得卖给洋鬼子。

章　爷　　我就是拼了老命,也要保住佛塔。

汤念祖　别急,他现在还顾不上。这两天要保举一件斑铜,送到外国参加比赛,他正削尖脑袋要抢这个机会。我们正好有时间合计一个好办法。

章　爷　　(若有所思)比赛?啥比赛?

汤念祖　就是拿个器物,替国家去参加比赛!

金花嫂　汤兄弟,粟粟的事你帮我打听没?那孩子,她……她还好吧?

汤念祖　我提早赶来,就是给你通个信。照莹捎信来说,她带着人劫了窦军长的马队,把邱黑皮扔到山崖下摔死了。粟粟已经救下来了,孩子很快就能回来啦。

金花嫂　菩萨保佑,菩萨保佑啊!照莹这孩子,这让我怎么谢她啊!

汤念祖　金花嫂,粟粟这孩子……受了不少苦,怕是……唉,也不知道还能不能认出你啊。

金花嫂　粟粟她怎么了?

汤念祖　唉,遭罪啊,又哭又笑的。不过,阿奇力是彝族毕摩,回头让他给好好诊治诊治,兴许能好起来。

金花嫂　我可怜的孩子啊!

汤念祖　金花嫂,不能哭,待会儿赵彼得来了,你得装,咱不能再让他咬一口。

金花嫂　(埋身下跪)汤兄弟,你对我们这么……我还给他们通风报信,前几天姓窦的讹你家,就是我报的信啊。

汤念祖　(扶住)金花嫂,就别说了,你不也是被逼的吗?孩子在人家手里,莫说你一个女人家,便是换了我,又能咋办啊?
〔金花嫂抽泣着连连道谢。〕

〔汤念祖急忙示意金花嫂，金花嫂转身擦掉眼泪。〕
〔赵彼得点头哈腰地带着身穿长袍马褂的钱三爷等商人到来。〕

赵彼得 钱爷，请请请……
〔钱三爷一脸冷峻。几个商人对赵彼得唯唯诺诺。〕
〔汤念祖立即装出一副温和谦逊的样子。〕

汤念祖 赵爷、钱爷，你们来啦。
赵彼得 我说怎么找不到你，汤爷提前来啦。
赵彼得 金花嫂，人都齐了，傩戏咋还不演？
金花嫂 赵爷说的咋敢不听，都准备好了。
〔小六子和小呆戴上面具，一个拿长矛，一个拿短刀，两人叮叮当当地比画起来。两个人都一肚子气，打得火星四溅。〕
赵彼得 （大笑）这才有点喜庆的样子。
众商人 就是就是，好长时间没热闹过了。
钱三爷 赵彼得，你找我们不会是看傩戏吧？有什么打算，敞亮了说。
赵彼得 不急，不急，先看看戏。这俩小崽子打得还有模有样的。
钱三爷 小六子，小呆，歇下，别跳了。看看这俩娃娃瘦得，就剩下骨头了。
〔小六子和小呆停下，虽然看不到面具下的表情，火气似乎已从举手投足间冒出来。〕
〔汤念祖忙上前打手势，小六子和小呆一甩手下了场。〕
钱三爷 现在食不果腹，谁还有心看戏？你还是有话直说吧。
赵彼得 钱爷就是痛快。我就不绕弯子了。这次官府要送一件斑铜去西洋参加比赛，我想问问商会有何打算。
钱三爷 这又不是第一次，按老辈的规矩办就是，有啥好打算的？大家把器物摆在一起，谁做得好，就送谁的。
赵彼得 钱爷，如今是民国了，总拿老辈的规矩，也不一定合适。
钱三爷 民国又能怎样？斑铜是会泽的脸面，这个不能乱来。
赵彼得 看来我还没说明白。
〔赵彼得拿出一张纸片，轻飘飘地夹在指尖抖动。〕

〔钱三爷被他的轻佻激怒了，皱起眉头。〕

〔商人们相互交换着眼神，观望着两人的态度。〕

钱三爷　你这是什么意思？

赵彼得　民国啊就这点好处，利字可以摆在桌面上。这是一张兑票，一百块现大洋，大家瞅瞅够不够分量。这个比赛对这些个斑铜工匠来说，只是一个虚名。对我却不一样，到外国拿到一个奖项，我的生意就有了一个金字招牌，以后卖价就能提上几成。

钱三爷　你这个主意打得真精！

赵彼得　呵呵，天下熙熙皆为利来。大家都是生意人，哪一个不精明？只要大家送我的斑铜参赛，这点小钱就当我请大家喝杯茶。

钱三爷　你，你这是亵渎！

赵彼得　亵渎？如今家家都勒紧裤带过日子，这笔钱分到人头，每家能白捡十几块。我是顾念同乡，要真的比起来，大家也未必能比得过我。

汤念祖　比过比不过的，还是比比的好。花钱买个名头，总是师出无名。

赵彼得　汤爷，我就知道，别看你表面上老实，骨子里最较劲。怎么，又想坏我的好事？不过，如今不比那些年，斑铜匠都得给我干活，听我使唤。你不会是想自己敲一个参赛吧。

汤念祖　我没那手艺，也不敢和您较劲。不过，事关会泽的脸面，不对，是中国的脸面，还是选一选比较好。

赵彼得　中国脸面！钱爷，您看出来了吧，他不是和我较劲，是打您的脸。

汤念祖　钱爷，如果我以前有什么做得不周全的地方，请多多包涵，我真的希望咱能挑出一两件好东西去参赛，毕竟这是咱中国的脸啊。

〔一直思忖的章爷突然站起来，走了出去。〕

钱三爷　我和汤念祖多年不和，想必大家都知道。但他这句话我认可。人活一辈子，除了利，总得顾及一点脸，更何况是国家的脸啊！

〔钱三爷突然站起身，慢慢绕过赵彼得，"扑通"一声跪在汤念祖面前。〕

汤念祖　（伸手相扶）钱爷，您这是干什么？您这是打我的脸啊！

钱三爷　汤爷，斗了这些年，也没赢过你，我恨你比我强，可就是不如你。我确实祸害过你，可事到如今，还得请你帮帮我。找一块好铜料，做件像样的东西送去比赛。中国都这样了，咱不能再把脸丢到外国去吧。

〔汤念祖拉不起钱三爷，也急忙对着钱三爷跪下。〕

汤念祖　钱爷，有您这句话，我立马就上山，就算把整座山都翻过来，也一定要找出块好斑铜料。

赵彼得　看来两位非要和我争一争。好啊，比就比。章爷？章老头？这死老头子哪里去了？

〔章爷上场。〕

赵彼得　章老头，你这个斑铜盏赶快弄好，我要拿去和两位爷比上一比。

章　爷　弄不好。

赵彼得　怎么就弄不好？你还号称会泽名匠，这么个小东西都做不出来？

章　爷　不敢号称，咱也不是啥名匠。我就给你讲个理：你想吃苦荞饼，总得给我点苦荞面吧。瞅瞅你这铜料，除了石头就是废铁，别说铜盏，就是半个杯子也弄不出来。

赵彼得　章老头，看着人多就不是你了？别忘了我说过的话。

章　爷　（大笑）记着呢，忘不了。不就是让土匪抢我的佛塔，拿出去卖掉吗？我忍着有用吗？我忍着你就能变好？我忍着你就能不做坏事了吗？

赵彼得　老头子，你是不是疯了？

章　爷　疯了，对，我早就疯了。你不是惦记佛塔吗？这就拿给你开开眼。

章　爷　（大喊）小六子，小呆，抬出来吧。

〔一个皮肤黝黑彝族装扮的高大男子——阿奇力掀开门帘，身着傩衣的小六子和小呆抬出金光闪闪的九层佛塔，众人都一阵惊呼，啧啧赞叹。〕

〔赵彼得垂涎三尺，走到近前。阿奇力一把将他推开。〕

〔汤念祖和金花嫂一左一右，拦在面前，不让赵彼得靠近。〕

赵彼得　彝族？呵呵，看样子还是个毕摩。老东西，怪不得我找不到这物件，原来你藏到了彝族地界。

章　爷　我藏到哪里，与你何干？

〔钱三爷对着佛塔一躬到地。〕

钱三爷　阿弥陀佛，这真是会泽的神器啊。

章　爷　钱爷，这佛塔够不够参加比赛？

钱三爷　啥？章爷，你要三思啊！这可是你一辈子的心血。千里迢迢的，路上万一有个闪失，怎么得了？

章　爷　钱爷，我就是个手艺人，不会说啥大道理。可我知道咱还是中国人，国家的脸面比啥都重要。

〔钱三爷潸然落泪，对章爷一躬到地。〕

章　爷　汤兄弟，要不是你给的铜料，我就是要饭也做不出佛塔。佛塔的一大半都是你的，能不能参加比赛，你说句话。

汤念祖　章爷啊，你能拿佛塔参赛，是给大伙长脸啊。我要说半句阻拦的话，还是个人吗？钱爷说得对，佛塔是咱会泽的神器，路上不能有半点闪失，我安排人打一个箱子，用细棉布裹上棉花做个软垫，说啥都不能有半点磕碰啊！

钱三爷　这路上一向不太平，万一有那么些坏了心肝的惦记着佛塔，怎么办？

〔汤念祖和章爷对视一下小声耳语。〕

章　爷　行，就这么办。咱就请和老爷家的马帮负责送佛塔，阿奇力毕摩带彝族汉子押镖。这人啊，要是啥都不怕了，我看谁还敢骑在脖子上拉屎。

赵彼得　就算你们有个佛塔又能怎样？不是要按祖宗的规矩办吗？

　　　　　好啊！
　　　　　〔赵彼得从打造台上拿过章爷还没做好的小铜盏，放在佛塔旁边。〕
赵彼得　祖宗的规矩是中意哪个，就放一粒黄豆。哪个豆子多，才算赢。
　　　　　〔钱三爷看着两个完全无法相提并论的器皿，哑然失笑。〕
钱三爷　你当大家都没长眼？
赵彼得　现在这世道，有没有长眼，得有钱的人说了算。
钱三爷　好，那就按规矩办，我倒要看看有多少只认钱不认祖宗的！
　　　　　〔钱三爷拿起一颗豆子走上前去，深鞠一躬，将豆子恭恭敬敬地放在佛塔前。〕
　　　　　〔汤念祖、金花嫂、章爷也都将豆子放在了佛塔前。〕
　　　　　〔众商人面面相觑。〕
　　　　　〔赵彼得在铜盏前放上一粒豆子，红着脸瞪视众商人。〕
赵彼得　怎么？人家都家大业大的，你们以后是不想吃饭了？
　　　　　〔众商人看着两件器皿，窃窃私语，面露难色。〕
赵彼得　还磨蹭什么？敢得罪我赵彼得，就算穷不死，也活不舒坦。城外的乱葬岗也不在乎多挂起一块腊肉。
　　　　　〔众商人或害怕或气愤，喊喊喳喳交谈。〕
　　　　　〔躲在后面的一个商人，分开众人走了出来。拿起黄豆，在大家的注视下，走向两件器皿，将黄豆放在佛塔前。〕
　　　　　〔章爷连连作揖。〕
老商人　我这辈子啊，怂！怂了一辈子。老了，我就想硬气一回。
　　　　　〔众商人都非常惊诧，顿时一阵沉默。〕
赵彼得　老东西不想活了，你们也要作死？
　　　　　〔商人们相互对视着，默不作声，一一拿起黄豆，一个个上前，将黄豆放在佛塔前。〕
　　　　　〔章爷连连作揖。〕
　　　　　〔佛塔前摆满了黄豆，铜盏前只有一颗。〕
赵彼得　好，好，都不怕是不是？窦军长，佛塔都露面了，你也该出手了吧。

〔窦军长带着两个士兵上场。窦军长打着哈欠，腆着肚子，故意将手扶在一左一右别在腰间的手枪上。〕

〔大家都紧张起来，章爷和金花嫂急忙挡在佛塔前，汤念祖、阿奇力又站在两人前面，护住他们。〕

窦军长　妈的，磨蹭了这么长时间，害得老子烟瘾都犯了。让老子瞅瞅，洋鬼子喜欢的，是个啥稀罕东西。咦，这金闪闪的是怪好看。

〔窦军长扒拉着众人，但大家寸步不让。〕

〔窦军长伸手去抓佛塔，被章爷推开，窦军长伸手就打。手臂被汤念祖抓住。〕

窦军长　呵，稀罕了，老子今天还真遇到了几个硬骨头不怕死的。来人！

〔两个士兵一枪托打在汤念祖胳膊上。〕

〔阿奇力一脚将一个士兵踢飞。〕

钱三爷　（拍案而起）窦军长，你可是新军的官长，怎么做这等事？

窦军长　钱老头，你终于跳出来了。对啊，老子就做了，你能怎样？

〔钱三爷上前争辩，一个士兵歪歪枪口，黑洞洞的枪口对准了钱三爷。〕

〔阿奇力突然一跃而起，变戏法般从披风下抽出两把钢刀，磕飞士兵的长枪，顺手揪住一个士兵，将钢刀架在了他的咽喉上。〕

〔小六子和小呆挺着长矛冲上场，将另一个士兵打翻在地。〕

〔窦军长一把揪住章爷，朝天开枪。〕

〔赵彼得也掏出了手枪对准了汤念祖。大家都吓得抱住了头。〕

窦军长　来啊，不是硬骨头吗？试试你的骨头硬，还是老子的枪子儿硬。

赵彼得　这就是一帮贱民，不来点硬的，就不知道自己是什么东西。

窦军长　不怕，老子就喜欢这骨头硬的，要不像宰个小鸡崽似的有啥意思。

赵彼得　这个佛塔可还看得上眼？

窦军长　顺眼得很。走走，弄到我家去。老子也拜拜菩萨，保佑我升官发财，多娶几房姨太太。

赵彼得　窦军长，咱先送去参加比赛，等拿个奖再出手，肯定能卖个好价。到时候，咱五五分账，没准够买两三个绝色的婆娘。

窦军长　这么值钱？哈哈，那这趟没白跑。不过，老子又是人又是枪的，五五分账可不行。

赵彼得　一切好商量，怎么分，还不是窦军长一句话的事。

窦军长　行了，你俩给我抬上，咱们走。

〔画外音：（男声）走，走哪儿去？〕

〔汤敬业带着汤照莹、粟粟和几个士兵上场。〕

汤照莹　阿爹，我把阿哥找回来了。

汤念祖　敬业，你可回来了。

〔粟粟目光无神，神情涣散。汤敬业穿着簇新的军装，挂着军衔。〕

〔窦军长看到汤敬业，立即立正敬礼。〕

窦军长　官长好。

汤敬业　窦二苟，你做的好事！

窦军长　官长，我……我正在维护地方治安。

汤敬业　抢男霸女就是维护地方治安？邱黑皮已经正法，你准备上军事法庭吧。

〔窦军长看情况不妙，转身要跑。阿奇力飞身上前，将窦军长踢翻在地。〕

〔粟粟看到窦军长，迷茫的眼神渐渐聚焦，她大喊着冲了过来，疯了一样对着他又打又骂。〕

粟　粟　窦二苟，你这个畜生！

〔窦军长被粟粟打得昏头涨脑，被士兵们死死抓住，揪下场去。〕

〔金花嫂看到粟粟，也立即冲了过去。〕

金花嫂　我的孩子，我的粟粟啊。

粟　粟　不要碰我！不要碰我！

金花嫂　粟粟，我是金花嫂啊，你看看，你看看我啊！
　　　　〔粟粟痴痴地看了良久，突然将金花嫂紧紧抱住。〕
粟　粟　金花嫂？娘啊！我终于回来了。
金花嫂　回来了，回来了。不怕，我的孩子，娘在，娘在啊……
　　　　〔众人看着这一幕，唏嘘不已。〕
　　　　〔赵彼得一看这阵势，自知已经无法挽回，气呼呼地看着汤敬业。〕
赵彼得　汤军爷，这回你们算是赢了一局，可我赵彼得也不是吃干饭的，你们新军的长官和我是莫逆之交。今后咱这梁子算结下了，万一我说点什么，怕你也是吃不了兜着走。
汤敬业　好啊，我在这儿等着。我就信一句话：邪不压正。
　　　　〔赵彼得拂袖而去。〕
钱三爷　汤兄弟、章爷，我糊涂啊，这些年做了那么多错事……
汤念祖　钱爷，这些年啊，我一直盼着和您老冰释前嫌。咱一起去送佛塔，咱要把中国人丢掉的面子，找回来。
　　　　〔收光〕

第三幕　守土之心与为人之骨

时间：1938年夏，抗日战争时期
地点：云南会泽，斑铜易栈

　　　　〔一群年轻人在唱《土歌·国难》，一个八九岁光景的小男孩——小娃坐在旁边托着腮着迷地听着。〕
年轻人　弹雨枪林以身顶，杀敌并不怕牺牲，
　　　　洗雪前仇与国耻，即死战场也甘心。
　　　　山穷水尽无路去，奋斗才来得生存，
　　　　追找敌人还血债，情愿以命换彼命。
　　　　抗战官兵与众士，救国当不肯让人。
　　　　国难当头祸已近，世迫急不容匿身，

仇大流鲜血去洗，冤深断头颅去填。
仇大欲洗鲜血流，冤深岂能容懈怠。
不算生命与敌碰，倭鬼吃不得下喉。
不算生命与敌碰，生死问题且放松，
死为做中国忠鬼，生就为民族英雄。
民族英雄有代价，不朽精神死犹生，
各位要同心抗战，定将倭奴打到平。
定将倭奴追出境，有屈必然有得伸，
为救危亡才抗战，要抱大不怕精神。
民族生存要抗战，杀敌要勇敢上前，
民族仇人要认准，救国是人人有份！

〔歌声唱毕，小娃快步跑进斑铜易栈。〕

〔斑铜易栈的牌匾更加陈旧斑驳，店铺里，色调黯淡的桌椅上，却铺上了洁净的蜡染桌布。〕

〔易栈中依旧有一片斑铜打造区，只有一个须发斑白的老者在"叮叮当当"地敲斑铜。〕

〔中年妇女打扮的粟粟，手脚麻利地收拾擦抹桌椅。〕

小　娃　娘，那些人唱得真好听啊，就是听不懂。
粟　粟　小娃，不懂就别懂，去捉蛐蛐吧。
小　娃　我爹说不能乱跑，东洋鬼子都打到家门口了。
粟　粟　嘘，别瞎说，吓到婆婆看我不打你。

〔头发花白的金花嫂拎着一个布包上场。〕

金花嫂　我看谁敢打我宝贝孙子。

〔小娃欢快地扑在金花嫂怀里。〕

小　娃　婆婆。
粟　粟　慢点，你慢点，别推倒了婆婆。
金花嫂　我又不是琉璃做的，哪有那么娇气！
金花嫂　小娃，看，婆婆给你留的肉粽。
小　娃　婆婆真好。

〔小娃拿着肉粽下场〕

粟　粟　娘，你就惯着他吧，给你买点好吃的，都给了这小东西。让小六子看到，又要骂他了。

金花嫂　他敢。你们哪个不是这么惯大的啊！

粟　粟　娘最会惯孩子。我是布依族，小六子是汉族，朗嘎拉姆是藏族，小呆他们，有彝族、傣族、白族、纳西族。每年大年初一，换上不同民族的衣服，花花绿绿的，可好看了。

金花嫂　那时候过年可真热闹，十来个娃娃，不同的民族，大家在一起，都能唱一出大戏了。

粟　粟　娘，你是什么民族啊？

金花嫂　唉，我从小就被卖了，一会儿这家，一会儿那家，我哪里知道啊！

粟　粟　（抱住金花嫂）我们带这一个小东西都忙不过来，你捡了我们十几个孩子，可真不容易啊。

金花嫂　我小时候受够了罪，见不得小娃娃受苦。见一个捡一个，一不留神，就这么捡了这么一大家人。

〔小六子上场，亲昵地蹲在金花嫂身边，为金花嫂揉着膝盖。〕

小六子　娘，要不是您啊，我们几个都不知道死了几回了。

金花嫂　唉，要不是你汤大爹里里外外照应着，娘就是想养，也养不活你们啊。对了，汤爷咋还没来？出什么事了？

粟　粟　对啊，往常这时候早就来等信儿了，咋太阳老高了还不见过来。娃他爹，你快过去看看吧。

小六子　娘，您别急，我这就去。今年过年的时候，我去把拉姆他们都叫回来，一块儿给您演一回傩戏。

〔小六子下场〕

金花嫂　别叫他们。他们跟着照莹打东洋鬼，娘要不是老了，也想拿一支枪，去滇边打仗。那多痛快！

粟　粟　拉姆上次回来说，他们的队伍越来越厉害了，阿奇力毕摩的彝族汉子、和老爷家的纳西马帮、黑虎山的大把头都跟着他们干了。滇边的东洋鬼，让他们打得屁滚尿流的。您就安心养身子。等小娃长大点，咱一家也跟他们打东洋鬼去。

金花嫂　行，娘老了，就算拿不动枪，还能给你们做做饭。就是心疼你汤大爹不易啊，闺女在滇边，儿子又去外省打仗了。他这颗心啊，怕是早分成多少瓣啦。

粟　粟　娘，别看照莹年龄小，可机灵了。那年她从树上坠下来，一刀就把邱黑皮砍到山下面了。敬业哥是正规军，那洋枪洋炮，黑黝黝的，更厉害了。你也劝劝汤大爹，别太担心。

金花嫂　唉！一会儿我真要劝劝他。

金花嫂　章爷，忙了一早起，歇歇，喝口茶吧。

〔"叮叮当当"声丝毫没有停歇。金花嫂走过去，拍着老者的肩膀。〕

金花嫂　章爷，你该歇歇啦。

章　爷　啥？

金花嫂　你耳朵又不背，咋总是啥啥啥的？

粟　粟　娘，章爷怕是着了斑铜的迷，听不到凡人的声响了。

金花嫂　章爷啊，前几年赵彼得给你银子，你都不做，现在做上瘾啦？

章　爷　嗯，就是上瘾了。自从汤家敬业赶走了赵彼得和那姓窦的，我才能太太平平地敲铜器。我觉着啊，这铜是通灵的。你看，它就像那个小娃，自己会长，越长越俊俏、水灵。

金花嫂　你这老家伙啊，越说越邪乎。歇会儿吧，喝口茶，我去弄点吃食，一会儿汤爷来了，咱好好叙叙。

章　爷　（颤颤悠悠起身）好啊，汤爷心里苦啊，咱陪他宽宽心。

〔一个满身灰尘疲惫不堪的士兵背着满是血污灰尘的长枪走进客栈。〕

金花嫂　你想干什么？

士　兵　请问，汤念祖老先生家在哪里住？我是汤师长的部下，是来，是来……

〔士兵突然蹲在地上抽泣。〕

〔金花嫂似乎意识到什么，一阵眩晕，粟粟急忙将她抱住。〕

〔章爷一改刚刚的老迈昏聩，大步走到士兵面前。〕

章　爷　我是汤念祖的大哥，有什么事，先和我说。

士　兵　爷爷，汤师长他……殉国了。

〔章爷也是一阵眩晕，急忙扶住旁边的桌子，努力让自己平静下来。〕

章　爷　你说啥？再说一遍。

士　兵　爷爷，汤军长他在台儿庄殉国了。

章　爷　殉国了？台儿庄？那是在啥地方？

士　兵　可远了，在山东。

章　爷　山东啊，那得走好几个月吧。娃啊，你咋走了那么远啊。

金花嫂　尸首呢？人去了，总得把……把尸首还给爷娘吧。

士　兵　（抽泣）运不回来了。都……都……

章　爷　（拍桌子）都怎样？你倒是说啊！

士　兵　是大炮，人都……都炸碎了。

〔章爷老泪纵横，一屁股坐下。〕

章　爷　老天爷啊，这可怎么和汤兄弟说啊？这可让他怎么活啊！

〔小六子和汤念祖上场。小六子一脸焦虑，汤念祖一脸愠怒。〕

〔钱三爷急急追来，几人在易栈门前争执。〕

〔易栈中的人面面相觑，不知如何是好。〕

钱三爷　汤爷，汤兄弟……

汤念祖　钱爷，这事没商量。窦二苟做了多少坏事啊，转眼他还成了政府的官儿，这样的政府能信得过？

钱三爷　谁当官咱管不了，可滇缅公路被东洋兵给炸了，抗战物资运不进来，这都是真的啊。

汤念祖　炸不炸我管不着。想让我帮他运货。哼，想得美。谁知道他们运的是烟土还是金条。

钱三爷　果真是枪炮，老朽以身家性命担保。

汤念祖　给他担保？钱爷，你是老糊涂了吧。

小六子　大爹，钱爷说是肯定是了。要不我带马帮跑一趟。

汤念祖　六子，那条路吃人都不带吐骨头，就算真是枪炮，咱也不能干。

小六子　要不，咱不运货，咱挖铜矿。不是说兵工厂需要铜矿做子弹吗。

汤念祖　挖矿是容易的事？那些矿都废了多少年了，就算倾家荡产也未必能做成。

窦军长　（气喘吁吁赶来）汤、汤爷，以前我、都是我的错，我给您老赔礼了。

汤念祖　（愤怒）赔个礼顶个屁。你追杀照莹的队伍多少年？我闺女胳膊上还留着你打的伤疤。你敢忘，我可忘不了。

窦军长　汤爷，这，这可让我怎么说，我也是身不由己啊。

汤念祖　以前身不由己，遇事就想起我了？

窦军长　汤爷，我跟您说实话吧。以前我跟着赵彼得确实做了不少坏事，可我兄弟出滇打仗，都战死了。现在一合眼，他们就满身是血站在眼前，说，哥，打日本，报仇啊。爷，我现在只想把东洋人打出去啊。

〔汤念祖盯着他看了半晌，一咬牙转身要走。〕

汤念祖　你说的话，鬼才信。

窦军长　爷啊，你到底怎样才肯信我一回。

钱三爷　（癫狂地）够了。

〔大家都愣在原地。〕

钱三爷　（癫狂地）先是东北没了，后来北平、天津也没了，如今长沙、南京、武汉都没了。听到了没，日本鬼的炮弹已经炸到了云南，你们听到了没？如果我这把老骨头能变成子弹，一准早就钉进日本鬼的脑袋里了。

汤念祖　一句话就是万千山水、万千生灵啊。反正，我的儿女都在战场上，都在血水里打滚，东洋鬼敢来这里撒野，咱就给他打回去。

钱三爷　打？拿什么打啊？人家铺天盖地的子弹，光凭孩子们的血肉之躯，能挡得住吗？

汤念祖　钱爷，我不是不想做事，是信不过窦二苟这样的政府。

钱三爷　兄弟啊，东洋鬼的飞机不光炸公路，周边几十里都成了焦

　　　　　　土，照莹、拉姆她们的队伍，可都在那里打仗呢。
汤念祖　老天爷啊，我都被他气昏了。小六子，赶紧套马，你陪我跑一趟。
　　　　〔神色慌张的金花嫂、章爷等人迎上来，小六子发现异样，犹豫着。〕
汤念祖　去啊，快去啊！
小六子　哎！
　　　　〔小六子飞快跑下场。〕
　　　　〔粟粟目光躲闪，金花嫂暗自擦泪，章爷使劲拉了金花嫂一把。〕
　　　　〔汤念祖急忙整理衣服准备出发时，发现了大家的异样。〕
章　爷　金花嫂，茶怕是凉了，添点滚水吧。
金花嫂　（带着难以掩饰的哭腔）哎！
　　　　〔金花嫂转身下场，汤念祖疑惑地看着她的背影。〕
　　　　〔汤念祖转身看到那个不知所措的士兵，似乎意识到什么，开始浑身颤抖，整个人变得摇摇欲坠。〕
汤念祖　这兄弟……是不是出了啥事？
章　爷　没啥事，来尝尝金花嫂的好茶。
汤念祖　章爷，你就给兄弟来个痛快吧。
章　爷　汤，汤兄弟，你坐，坐下说。
汤念祖　章爷，炮弹炸到了家门口，国家都成了这个样，我不能坐啊！
　　　　〔章爷再也无法掩饰，禁不住潸然泪下，一缕山羊须抖得无法开口。〕
汤念祖　（对士兵）你说吧，说，我撑得住。
　　　　〔士兵立正，向汤念祖敬礼，然后恭恭敬敬地将一个背包递给了汤念祖。〕
　　　　〔汤念祖打开布包，里面是一件满是血污的军官制服、一把手枪和一张烧掉一半的全家福。〕
　　　　〔汤念祖紧盯着那个小包，陷入混乱之中，轻轻地将布包抱在怀里，像是怕碰疼了儿子。〕
汤念祖　敬业，儿啊！你回来啦。你累了吧？

〔章爷不忍卒视，他颤颤巍巍地走了出去。〕

〔窦军长看着那件满是血污的制服，也立正行礼，随即潸然泪下。〕

钱三爷　汤兄弟，衣服给我吧，敬业不光是你的儿子，也是咱会泽的英雄。

汤念祖　儿啊，爹都没来得及好好和你说几句话啊，走，跟爹回家。

〔汤念祖迷茫而执拗地抱着衣服，胡乱推搡着身边的钱三爷一众人，迷迷糊糊向外走去。〕

〔钱三爷硬挺着咬着牙，随后还是扑在桌上痛哭失声。〕

〔金花嫂拎着茶壶上场。眼前的一幕让她心碎。〕

粟　粟　娘，你劝劝汤大爹吧，这样……这样，会出事的。

〔金花嫂醒过神，擦擦眼泪，大喊。〕

金花嫂　汤兄弟……汤念祖，你给我站住。

〔众人惊诧的目光中，金花嫂快步走到汤念祖面前，抢夺衣服，两人在拉扯中摔倒在地。〕

〔众人急忙搀扶。〕

金花嫂　汤兄弟，敬业已经去了，你不能……

汤念祖　（拼命抢夺）敬业，我的儿子啊！

金花嫂　汤兄弟，我知道你心里苦，你哭一声吧。敬业去了，我们还在！中国人还没有被杀绝。

〔汤念祖依旧执拗地抢夺着包裹，失神地在虚空中想抓住些什么。〕

〔金花嫂将手枪从布包中取出，塞在汤念祖怀里。〕

金花嫂　汤念祖，拿着，你要还是个爷们，就给我站起来。孩子都是好样的，咱做老辈的就认怂了？

〔金花嫂推搡着汤念祖，但他依旧没有一丝表情，似乎灵魂已经随儿子去了。〕

〔金花嫂一个耳光打在汤念祖脸上。〕

〔汤念祖的目光终于慢慢聚合在手里的枪上，一口黑血吐了出来。〕

汤念祖　小日本鬼子啊！

〔钱三爷、粟粟忍了半晌，终于号啕大哭。金花嫂一下子瘫在地上。〕

〔小六子飞跑着上场。汤照莹、阿奇力一身风尘、背着长枪跟在后面。〕

小六子　大爹，照莹他们回来了。

汤照莹　爹，你这是怎么了？

〔易栈里的场景，把三个人吓坏了。汤念祖吃力地挣扎着，被章爷等人合力扶起。汤念祖努力挣开众人的搀扶，站得笔直。〕

汤念祖　照莹，你哥……没了。

汤照莹　哥，阿哥啊！

〔汤照莹看着父亲怀中的小包，忍不住哭出了声。〕

〔汤念祖一个趔趄又要摔倒，汤照莹急忙搀住父亲，将老父亲拥在怀中，小心地擦拭着他嘴边的血污。〕

汤照莹　爹，爹，哥走了，还有我，中国亡不了。咱就是还有一个人，一口气，也要把东洋鬼打出中国去。

〔汤念祖潸然泪下。〕

汤念祖　照莹，我今天就跟你走，爹陪你一起打东洋鬼，给你哥报仇。

汤照莹　爹，我带部队驮着枪炮回来。日本人拿枪炮打我们，我们也得用枪炮给他们打回去啊！

〔汤念祖看着手里的枪，思忖着。〕

〔章爷背着一个沉甸甸的口袋，步履艰难地上场。〕

〔小六子和粟粟急忙上前接住口袋。〕

〔章爷拉住口袋一倒，白花花的银圆滚了一地。〕

钱三爷　章爷，您这是干什么？

章　爷　我把九层佛塔卖了。

钱三爷　我的爷啊，这哪能卖啊，那可是在外国得过大奖的神器啊！卖给谁了？现在谁还买得起？莫非又是赵彼得？

〔金花嫂、小六子和粟粟窃窃私语，随即和阿奇力等人悄悄下场。〕

章　爷　对。他惦记了一辈子，行，我就卖给他了。这笔买卖咱划得着啊。用日本人的银圆买枪、买炮、买子弹，打兔崽子的。没有国，哪有家啊？没了家，九层佛塔能镇住这些妖魔鬼怪吗？

钱三爷　章爷啊，您老大义啊！

汤照莹　章爷爷，再难也不能卖佛塔啊！

章　爷　只要能把东洋鬼打出中国，莫说佛塔，就算搭上我这把老骨头，也值。

汤念祖　章爷，老哥哥啊。

〔小六子、粟粟抬着佛塔，阿奇力押着赵彼得上。章爷老泪纵横地迎上。〕

小六子　章爷，我们把佛塔请回来了。

章　爷　我以为我再也见不到佛塔了。

钱三爷　老天保佑啊。

汤照莹　窦军长，罪魁在此，你打算怎么办？

〔汤照莹和阿奇力已经拔出了手枪。〕

〔窦军长掏出手枪走到赵彼得面前。〕

〔赵彼得吓得瑟瑟发抖。〕

赵彼得　窦军长，你不能卸磨杀驴，这些年你可是得了我不少好处。

窦军长　赵彼得，我是个贪财的混蛋，但好赖还知道自己是中国人。

赵彼得　窦爷，日本人就要打到昆明了，中国迟早都得归了日本。你救我一命，我和日本人说，保你当大官，发大财！

〔窦军长一枪托砸在赵彼得头上。〕

窦军长　当大官、发大财，你把老子当什么人？我的兄弟都让小鬼子杀了，我会给他们当狗？老子先宰了你，明天就拎着枪上前线。

汤念祖　行了，别污了金花嫂的店。

〔汤念祖拿起枪，走向赵彼得。〕

汤念祖　　冤有头债有主，这事咱自己解决。
〔赵彼得看着汤念祖抖成一团，汤念祖把他拖出易栈。〕
〔几声枪响后，汤念祖拎手枪返回，"啪"地拍在桌子上。〕
汤念祖　　章爷说得对！没有国，哪有家啊！
章　爷　　汤兄弟，你一直是大家的主心骨，这回你接着挑头吧。
〔汤念祖看看众人，大家连连点头。〕
〔汤念祖掏出一叠纸片。〕
汤念祖　　这是我全部的家当，都带来了。
钱三爷　　这是我的。
金花嫂　　也算我一份。
〔钱三爷和金花嫂也各自从怀中掏出一沓银票，放到汤念祖的手中。〕
〔三个老者和章爷相视而笑。四只颤抖的手握在一起。〕
汤念祖　　家是我们的家，土是我们的土，我们家里的事，轮不着小日本指手画脚。东洋鬼一天不滚出中国，咱就一直和他们打下去。咱一起挖矿、运弹药。豁出命来，打兔崽子的。
钱三爷　　打，打兔崽子的。
章　爷　　对！打兔崽子的。
众　人　　打兔崽子的！
汤念祖　　阿奇力毕摩，为我们祈福吧。
阿奇力　　（高喊）马帮出征，重新开矿，普度庵的砂丁兄弟，保佑吧。
〔毕摩开始祈福。〕
〔小六子、粟粟及乡民配合毕摩舞蹈。〕
阿奇力　　作毕招游魂，作毕招离魄。
斯普格伙犬主唤猎犬，别人唤不归，毕摩唤则归，我等唤则归；
被恶人迫害之游魂，别人招不出，毕摩招则出，我等招则定出来。
游魂啊，归来吧，离魂啊，归来吧。一起挖矿，一起抗战。
〔祈福仪式中，出征的队伍已经整饬齐整，四位老者站在

　　　　　　队前。〕
钱三爷　一寸山河一寸血，十万平民十万军。
金花嫂　人不分男女老幼，地不分南北西东。
章　爷　皆有守土之责，抗战之心！
汤念祖　自今日起，集会泽之力，报家国恩仇。就算只剩一人，也要守好自己的国、自己的家！
众　人　好！
汤念祖　出征！
　　　　〔毕摩的吟唱中，背景转换，怒江峡谷，云蒸霞蔚。〕
　　　　〔白发苍苍的汤念祖带领一支马帮穿场而过，身穿汉族、彝族、白族、纳西族等不同服装的马帮伙计穿梭其中。〕
　　　　〔众人歌声回荡。〕
　　　　〔收光。〕
　　　　〔幕落〕

（剧终）

话剧《淬火的朵洛荷》

故事梗概

云南一处贫瘠之地，明末清初，又连年大旱。族长请来"法力高深"的巫师，让孩子们跳舞蹈"朵洛荷"，献祭求雨。巫师祭祀多次，滴雨未降。面临"曝巫求雨"的大考；为保住性命，巫师诬陷饿昏的阿木是"旱魃"压身，要将他淹死。水洛伊莎砸水罐救下阿木，巫师借机迁怒水洛伊莎触怒神灵，要将她烧死，土匪头子趁乱将水洛伊莎劫走。水洛伊莎人间蒸发，巫师谎称她升天成为圣女。

得知真相的阿木等人，携带药酒和伪装成花伞等道具的兵器前往山寨"助兴"，在阿木的"苦心劝说"下，水洛伊莎答应与土匪头子结婚，并和大家一起跳舞、敬酒。用药酒将土匪们蒙倒后，孩子们与乡亲里应外合，剿灭土匪，救出了被掳百姓。

水洛伊莎回到村子，巫师和族长为维护自己的权威，坚称她已是守护村寨的圣女，不能过俗世生活，否则神灵就要收回土地，不允许大家耕种。为了拯救乡亲，水洛伊莎被迫住进了祠堂。阿木、水洛伊莎这对苦命的恋人隔空思念，唯有舞蹈能抚慰他们的孤独与绝望。水洛伊莎将与恋人同甘共苦逃离山寨的经历，加进原来的舞蹈中，将浓郁的爱恋、苍凉悲壮的情感都融入舞蹈动作，用舞蹈讲述着自己的心声：无论经历多少苦难，只要有"朵洛荷"，就还有希望，就可以期待未来。

人物简介

水洛伊莎：女，15岁，泼辣外向、勇于反抗、敢爱敢恨、敢作敢当，在恋人即将被淹死时，不顾生死，出手营救，被土匪劫持后，视死如归。但得知乡亲们会因为她失去赖以生存的土地时，她宁愿牺牲自由和一生的幸福。

阿　　　木：男，16岁，内向文弱。水洛伊莎被劫持后，他的勇敢与智慧被激活。看到恋人为乡亲不惜牺牲自己，阿木愿意一生与之同命。

巫　　　师：男，50岁，懂一点天象，以设坛求雨蒙骗为生。

族　　　长：男，50岁，族长，唯利是图，为维护自身地位利益，不惜一切。

众　舞　者：五组十人，十五六岁的少男少女，天真勇敢的山里孩子。

众　乡　亲：五六名。淳朴憨厚，受困于变幻莫测的天气和凶狠的族长，骨子里也潜藏着斗争意识。

序

道具：背景、泥土、山坡

〔幕闭〕

〔音乐起〕

〔旁白：（男）云南一处贫瘠的山地，民生艰难。明末清初，突遇连年大旱，田地颗粒无收，百姓生活非常艰难，家家都节衣缩食，苦熬灾年。〕

〔幕起〕

〔追光起〕

〔依稀可见气势磅礴的乌蒙山和在山上山下劳作的乡民们。〕

〔追光下，一位老人搬起一块石头，跌跌撞撞走上山坡，整理田埂，但眼前干裂的土地令他心碎。老人匍匐在地，捧起一捧泥土。泥土干得粉碎，沙粒般从老人的指间洒落。老人无奈地看着手中落下的泥土，仰望着火辣辣的太阳。老人对着苍天，高高举起双手，不知是祈祷还是怒斥。〕

老　　人　老天爷啊！下点雨吧！

〔瘦骨嶙峋的村民们拖儿带女，身穿破衣烂衫，背着破烂的包裹，蹒跚地走在山下的土路上。〕

〔乡民们相互搀扶着，一步一回头，回望着无法割舍的故土家乡。〕

〔一个垂髫幼儿拉着母亲的衣襟。〕

幼　　儿　阿妈，我们要去哪里啊？

〔母亲掩面抽泣。〕

父　　亲　娃娃，走吧，走吧，这里活不下去，我们出去讨个活路。

幼　　儿　阿爹，出去有粑粑吃吗？

〔父亲叹着气，沉默地拉着抽泣的妻子和一脸稚气的孩子，迈着沉重的脚步向前走去。〕

〔一家人饥渴难耐，步履蹒跚，身边的人们也步履蹒跚。大家相互搀扶着向前走啊走啊，禁不住用衣袖擦擦悲伤的眼泪。〕

〔逃荒的队伍慢慢走向隘口。〕

〔一个老人在隘口停下脚步回望，不停地擦着眼泪。〕

老　　人　走过隘口，就真的回不了头了。

村民甲　是啊！也许再也回不来了。

老　　人　从此拖家带口，背井离乡，也不知会客死何方。

村民甲　是啊，就算死了也是个野鬼。

老　　人　来，一起磕个头吧，拜别我们的故乡，拜别那棵千年古树，拜别我们祖先的坟茔。

〔大家一起对着村庄的方向叩拜，一片令人心碎的哭声。〕

〔大家站起身，相互搀扶着走过隘口，离开家乡，走上逃荒之路。〕

〔舞台后区：山坡上，一个穿长衫的瘦弱少年——阿木，拿着一卷书呆坐着，却无心翻读，悲伤地看着山路下逃荒的人群，禁不住哀从中来，掩卷长叹。〕

〔水洛伊莎突然跳了出来，"啪"地拍了一下阿木的肩膀，

　　　　　　将一个粑粑塞到他手中。〕
　　　　　〔阿木吓了一跳，急忙站起来。〕
水洛伊莎　嗯，给你……
阿　　木　水洛伊莎，这……我不能要。
水洛伊莎　你快吃吧。我知道你家早就断粮了。
阿　　木　这年景，你也难啊。
水洛伊莎　这是我分给你的，我还有。
阿　　木　骗人，你爹妈留下的粮食，你早就分给大家了。
水洛伊莎　我还有好多，好多……
阿　　木　伊莎……
　　　　　〔水洛伊莎笑着逃开，跑出几步又含羞回望。〕
水洛伊莎　阿木哥，族长要我们跳朵洛荷求雨，你能来吗？
阿　　木　嗯，你来，我就来。
　　　　　〔水洛伊莎红着脸，笑着跑走了。〕
　　　　　〔阿木痴痴地看着她的背影。〕

第一场　祭神求雨

地点： 村外祭坛

道具： 祭坛、拂尘、桃木剑、黄表纸

　　　〔幕启〕
　　　〔旁白（族长）：大师已经来了，朵洛荷队来了没有？〕
　　　〔旁白（众）：来了，都来了。〕
　　　〔灯亮。〕
　　　〔祭坛下，一群期盼雨水的乡民，毕恭毕敬地站在祭坛下。朵洛荷舞者们在祭坛旁排成一排。〕
　　　〔阿木来到阿妈面前，将一个粑粑塞在她的手中。阿木阿妈正想推让和追问，阿木被几个男孩拉走。〕
　　　〔水洛伊莎给朵洛荷队安排出场顺序，走到阿木面前，露

出一丝羞涩，男孩女孩们故意做着各种捣乱的表情，一个女孩子还故意模仿水洛伊莎的表情。水洛伊莎轻轻打了她一下，还是鼓足勇气，牵着阿木走到前排。〕

〔族长、巫师和兵丁上。〕

〔身穿黑衣的巫师站在祭坛下，一脸严肃，皱着眉，看着蓝天，挥舞着桃木剑。〕

〔族长向巫师拱手致意。〕

族　　长　请大师登坛祈雨。

巫　　师　不急。

族　　长　怎能不急？我们这里连年大旱，地里颗粒无收，再这么下去，别说这些小民，就连我也要拖家带口出去逃荒了。

巫　　师　天机不可泄露，天时不可更改。

族　　长　我都派人请过您多次了。大师若能拯救大地苍生，我必重金酬谢。

巫　　师　传递神灵之福泽，拯救黎民于水火，乃我等之本分，怎可以钱财度之？

族　　长　老朽口误也，望大师海涵。重金并非赠予大师，是借大师之神力，谨献神灵尔。

〔巫师严肃地点点头，却依旧不肯登坛。〕

〔族长一挥手，一个兵丁捧着一袋金银，恭敬地供奉在神坛之上。〕

〔巫师乜斜着眼睛看了一下，抻着衣襟，走上祭坛。〕

〔巫师挥舞着桃木剑，直指苍天。〕

巫　　师　疏彼天怨，偕以阴阳；驱邪破祟，正以龙威；告于灵官，我求于神；重呼风雨，恤吾黎民。

族　　长　祈雨开始。

〔乐音悠扬。〕

〔酷暑烈日之下，十名头戴柳条的少男少女，开始在神坛下舞蹈。〕

〔水洛伊莎与阿木搭档，在队伍的前面舞蹈。水洛伊莎非

〔常开心，她舞步轻盈，不时含情脉脉地注视阿木。阿木舞步却略显沉重踉跄，但看着水洛伊莎快乐的笑脸，还是强打精神，努力带着队伍舞蹈，苍白的脸上也浮现出幸福的微笑。〕

〔族长和周围的乡民都虔诚跪拜，双手合十，默默祈祷。〕

〔一个脸上有道醒目刀疤的壮汉也悄然上场，混在人群之中。他席地而坐，并不叩拜，只是贪婪地看着正在舞蹈的女孩们，尤其是带头的少女水洛伊莎。〕

〔水洛伊莎含情脉脉的眼神、每一个动作、每一丝笑容，都让刀疤脸壮汉如醉如痴。〕

〔神坛之上，烈日之下。巫师挥舞着桃木剑，在神坛上起舞，黑色的长袍随风飘扬。巫师如疯如魔、如痴如醉，如同神灵附体。〕

〔巫师用手指蘸取"神水"，在黄表纸上写下祈雨符咒，画上一条凌空飞跃的龙，用桃木剑挑起点燃。燃烧的黄表纸如同一个个火蝴蝶，在燥热的风中飘舞。〕

巫　　师　五帝五龙，降光行风。广布润泽，辅佐雷公。五湖四海，水最朝宗。神符命汝，常川听从。敢有违者，雷斧不容。急急如律令！

〔台下，骄阳之下，少男少女都在努力舞蹈，满脸汗水。〕

〔阿木依旧在努力舞蹈，但他步履踉跄，显得十分虚弱。〕

〔水洛伊莎揪心地观察着阿木，却又无法出手相助，只能尽可能放缓脚步，用手势提醒众村民前来帮助。〕

〔族长和众乡民都在巫师的祈祷声中翘首仰望天空，然而，蓝天如洗，没有一丝云朵。〕

〔巫师停顿片刻，开始重新挥舞桃木剑，在神坛上起舞。黑色的长袍如同巨大的云朵。巫师时而跪地祈祷，时而愤怒地剑指长天，舞得如痴如魔、如疯如癫。〕

〔乐声依旧悠扬，但神坛之下舞蹈的少男少女们，舞步却渐渐变得迟滞。阿木满脸汗水，眼神空洞，舞步机械而

〔笨重，像是一个没有了生命的纸片人。〕

〔男女两组交换位置，一对对男女娇俏地跳跃着，轻盈地相互环绕，阿木却一个踉跄，险些摔倒，水洛伊莎急忙改变原来的舞蹈动作，一个背托，将阿木扶住。水洛伊莎的脸上挂着笑容，但眼中却满是焦虑。〕

〔巫师再次用神水在黄表纸上写咒，然后点燃挑在桃木剑上的黄表纸。在片片飞扬的火蝴蝶中，开始再次念诵咒语。〕

巫　　师　五帝五龙，降光行风。广布润泽，辅佐雷公。五湖四海，水最朝宗。神符命汝，常川听从。敢有违者，雷斧不容。急急如律令！

〔台下，一片虔诚的静默，大家都仰望着碧蓝如洗、没有一丝云朵的天空，虔诚中夹杂了几分焦虑。〕

〔族长擦着脸上的汗水，扶着腰站起身，脸上露出一丝不悦。〕

〔巫师一脸茫然地看着蓝天，手里的桃木剑也挥得有气无力。〕

〔族长慢慢登上祭坛，站在祭坛旁。〕

族　　长　大师，你说自己通达神灵，只要登坛祭神，必能迎来喜雨，为何时辰已到，祭祀数遍，却迟迟没有降下一滴雨水？

〔巫师看着蓝天，也无言以对。〕

族　　长　大师，祈雨之事，关乎吾乡吾土之存亡祸福，断不可巧言搪塞。

巫　　师　祈雨乃神灵之事，岂有搪塞之理？然族长已不信本尊之法术，我又何必为尔等这般操劳。弟子们，收拾法器，我们走。

族　　长　且慢。我等花重金请大师祈雨，起驾之时就曾说好，吉时降雨，否则行"曝巫求雨"之大法，舍大师及众弟子之身，救数千乡民于水火。大师莫非想一走了之？

〔巫师刚走几步，听到族长的一番话显得有些慌乱，踉跄了一下，悄悄拉起衣袖擦了擦额头的冷汗。〕

〔小徒弟们已经开始收拾东西，看到巫师这般狼狈，也犹犹豫豫地停下了手。〕

〔巫师仓皇地快走几步，族长挥挥手，一干兵丁围住祭坛。法师转动着眼珠，飞速地想着办法。〕

族　　长　吉时已过，行"曝巫求雨"之法。

巫　　师　且慢。吉时已到，吉雨未至，我需要向神灵求取缘由。

族　　长　好，请便。

〔族长冷笑着观望。〕

〔巫师挥舞着黑色长袍，遮住头面，念念有词。〕

巫　　师　五帝五龙，降光行风。广布润泽，辅佐雷公。五湖四海，水最朝宗。吉时已到，吉雨未至，神符命汝，诉明缘由。

〔族长冷笑着挥挥手，兵丁们慢慢涌向祭坛。小巫师们开始瑟瑟发抖。〕

巫　　师　呔！旱魃作怪，还不速速除之？

〔族长一愣，急忙挥手止住众兵丁。〕

〔巫师摔倒在地，抖做一团，随即长吁一声，慢慢站起。〕

巫　　师　神灵降旨，此乡此土有旱魃作怪，如不除之，滴雨难求。

族　　长　何为旱魃？旱魃何在？

巫　　师　旱魃乃秃头巫女，惯于吸取雨水。所居之地，焦土烈日，如炎如焚。若不驱除作祟之旱魃，雨神降临也难解此地之灾祸。

族　　长　如何除之？

巫　　师　唯有以"摄魔咒"，方可震之。

族　　长　请大师尽快施法，驱除旱魃，早降甘霖。

巫　　师　都天大雷公，霹雳遍虚空。刀兵三十万，煞炁镇乾坤。揭石飞吵使，掣电破群凶。铁面擒妖怪，狼牙啖疫瘟。大力摧山岳，天威啖黑风。黑天雷技震，万鬼绝无踪，号令传天敕，炎散紫洞中。

〔巫师挥舞着桃木剑，一边念念有词，一边四下打量，寻思着对策。〕

巫　　师　如有不伏者，法令辄不容。上至魁罡足，下至九泉中。都天大雷火，摄为清净风。急急如律令。

〔巫师念咒的声音越来越缓慢阴沉,他一边念念有词,一边趁挥舞桃木剑的机会,擦去额头急出的汗水。〕

巫　　师　都天大雷公,霹雳遍虚空。刀兵三十万,煞炁镇乾坤。揭石飞吵使,掣电破群凶。铁面擒妖怪,狼牙啖疫瘟……

〔巫师满脸焦虑,就在他准备想方设法搪塞之时,台下突然一阵混乱。〕

〔阿木晕倒在地,水洛伊莎焦急地扑在他身上,拼命呼唤,朵洛荷队的孩子们也顾不得表演,将阿木团团围住。〕

〔巫师眼睛一亮,将桃木剑直指阿木,念咒的声音也陡然洪亮起来。〕

巫　　师　……大力摧山岳,天威啖黑风。黑天雷技震,万鬼绝无踪,号令传天敕,炎散紫洞中。如有不伏者,法令辄不容。上至魁罡足,下至九泉中。都天大雷火,摄为清净风。急急如律令!

〔在巫师阴森的诵读和水洛伊莎及众少年的呼唤中,阿木缓缓醒来,他挣扎着坐起身,目光空洞地看着四周,随即又无声无息地倒下,抽搐着陷入昏迷。〕

〔孩子们一片慌乱,巫师却非常亢奋,他不停地用桃木剑对着阿木劈砍。〕

巫　　师　旱魃已擒,罪魁在此。

族　　长　这不过是一介书生,怎会是什么旱魃?

巫　　师　旱魃为魔,可依附于活人。要想天降甘霖,救民于水火,必须铲除旱魃,剿除祸患。

族　　长　怎么铲除啊?这可是已故私塾先生的独子,难道要杀了他?

〔人群一片混乱。阿木阿妈哭喊着,举着一个粑粑冲出人群。〕

阿　木　妈　大师,阿木不是旱魃,他把粑粑都给我了,他是饿的啊。孩子啊,阿妈害了你。

〔水洛伊莎也急忙冲到祭坛下,焦虑地哀求、申辩。〕

水 洛 伊 莎　大师,你可不能瞎说。阿木是饿晕的,他不是旱魃,也不是魔鬼。

巫　　师　神灵在此，众人息声。

〔现场一片寂静。水洛伊莎也被吓得一抖。〕

〔族长看看阿木，又看看巫师。〕

巫　　师　旱魃附体，必有征兆。岂是你等可以妄论？铲除旱魃，必浸之于水。若神灵护佑，祖上福荫，此子必能逢凶化吉，遇难成祥。如不能铲除旱魃，此乡必成焦土，万民生计皆失。

〔族长抬头看看碧空如洗的天空，摇着头叹气。〕

族　　长　民以食为天，食以粮为主，粮以水为本。无粮则百姓不存，无水则粮草不生。为了本乡本土之百姓，必须依大师指点铲除旱魃。

〔巫师大手一挥，两个道童抬上一口装满水的水罐。〕

〔族长也指挥着兵丁，来到昏迷不醒的阿木身边。〕

〔阿木阿妈、水洛伊莎和孩子们将阿木团团围住，但无奈兵丁们如狼似虎，将大家撕扯开，强行将阿木抬上了祭坛。〕

〔巫师又开始"施法"，他在阿木身边挥舞着桃木剑，一次次劈砍之后，指挥道童和兵丁将阿木拎起，按入水罐之中。〕

〔道童等人抬起阿木，拖到水罐边。〕

〔围观的人群一阵惊呼，但大多数人都只是哀叹和祈祷，阿木阿妈哭喊着晕倒在地。水洛伊莎焦急地看着祭坛上的情景，几次想冲上祭坛，都被伙伴们拉住。〕

〔道童和兵丁将阿木强按在水中。在冷水的刺激下，阿木猛地醒来，拼命抓着水罐边缘用力挣扎，但他刚刚抬起头，又被道童和兵丁死死按住。〕

〔眼看阿木就要被活活淹死，水洛伊莎甩开伙伴们，快步冲向祭坛。〕

〔祭坛上巫师又开始挥舞着桃木剑，煞有介事地舞蹈。〕

〔水洛伊莎在祭坛旁捡起一块石头，冲上祭坛。〕

〔祭坛之下，人们还在埋头祈祷，只有坐在一旁看热闹的

〔刀疤脸看到了这一幕。刀疤脸回头对身边的壮汉招手，笑着指点着祭坛。〕

〔壮汉笑着应声而去。〕

〔祭坛上，巫师开始念"祈雨咒"。〕

巫　　师　吾召轸水神，参壁生风雨。箕豹起风云，亢龙随蛟舞。五星起阳庭，窿居坎所。关伯撼水车，牛金阿香女。娄狗水精灵，鬼羊生克火。悬澍丹田中，寸泽盈海渚。旱魃灭踪形，五雷神显武。急急如律令。

〔水洛伊莎冲上祭坛，兵丁们急忙上前阻拦。水洛伊莎灵巧地躲开一个兵丁，又将另一个兵丁推开，冲到水罐边。〕

〔正按着阿木的道童，看到冲到眼前的水洛伊莎，急忙阻拦，但已经来不及了，水洛伊莎举起手中的大石头砸向水罐，水罐破裂，水花四溅。〕

〔祭坛上下一片惊呼。〕

〔刀疤脸露出欣赏的笑容。〕

族　　长　岂有此理，岂有此理，真是伤风败俗！

〔惊呆的道童，呆呆地看着水洛伊莎，忘了按住阿木。〕

〔水洛伊莎不顾众人的惊诧与惊呼，急忙上前查看。阿木挣扎着抬起头，天旋地转地摔倒在地。水洛伊莎露出笑容，将阿木搀扶起来。〕

〔巫师听到大家的惊叫声，睁开眼睛，破碎的水罐、惊诧的道童、相互搀扶着的一对年轻人，让巫师也有点发愣，但仅仅是略一迟疑，随即眼睛一亮，立即一脸怒色地将桃木剑指向水洛伊莎。〕

巫　　师　岂有此理。祭坛重地，岂容尔等冲撞！

〔阿木跟跟跄跄想要保护水洛伊莎，却被水洛伊莎拦在身后。〕

水洛伊莎　你这个黑心的巫师。自己求不来雨，还要怪罪别人。阿木明明是饿晕的，你却说是什么旱魃，还要淹死人，难道就不该管？

〔巫师的谎言被戳穿，一张脸涨得通红，他愤怒地转向族长。〕

巫　　师　族长，这对男女心存私情，行为不检，此女为旱魃蛊惑，不惜擅闯祭坛，砸破祭器，冲撞神灵，你便有万贯家财，我纵有千般法力，又怎能祈来甘霖？

族　　长　大师，此女真是吾乡之羞辱。

巫　　师　事已至此，山人已无计可施。此地必成焦土，还是各自逃命去吧。

〔巫师终于找到了逃离的理由，长袖一挥，小弟子们又忙碌起来。〕

〔眼看巫师们要走，族长又怕又急，带头跪倒在地，祈求巫师。〕

族　　长　此女任凭大师惩处，只要能换取神灵原宥。

巫　　师　此乃不赦之罪。必须将此女烧死，才能天降甘霖，拯救黎庶。

族　　长　烧死，烧死……

兵　　丁　烧死，烧死……

〔巫师突然开始挥舞桃木剑浑身抽搐，随即发出尖利的呼号。〕

巫　　师　五帝五龙，诸方神灵，行风至此，润泽一方。

〔道童们看到巫师的奇异神情，急忙跪地下拜。〕

道　　童　神灵附体了！众人跪拜。

〔族长和围观的乡民"呼啦啦"跪倒膜拜。〕

巫　　师　诸神在此，意欲行风，雷电随意，甘霖即行。妖女无端，冲撞神坛，诋毁神祇，晦暗神灵。妖女不除，众神不宥，此土此民，难为护佑。滴雨不降，寸草不生，地皆焦土，人皆饿殍……

〔族长抬起头，对着众人大喊。〕

族　　长　听到没有，如果不除掉这个妖女，我们都得饿死、渴死。烧死她，烧死她，烧死她……

兵　　丁　烧死她，烧死她……
　　　　　〔围观的人群和村民也渐渐变得癫狂起来。〕
村 民 们　烧死她，烧死她……
　　　　　〔族长一挥手，兵丁们向水洛伊莎冲去。〕
　　　　　〔在一片激愤的喊喝中，勇敢的水洛伊莎也显得有些茫然。她孤零零地站在祭坛上，唯有羸弱的阿木拦在她面前。〕
　　　　　〔刀疤脸皱皱眉，将几名壮汉叫到身边，低声耳语。〕
阿　　木　她不是妖女！要烧就烧死我吧！
　　　　　〔如狼似虎的兵丁将阿木打倒在地，将水洛伊莎绑住抬了起来。〕

第二场　寮祭祈雨

地点：村外祭坛
道具：祭坛、拂尘、桃木剑、黄表纸、柴堆

　　〔幕启〕
　　〔灯亮〕
　　〔祭坛上：巫师正在焚香祷告。〕
　　〔旁白（巫师祷告声）：寮祭神灵，牺牲备至，祈天地诸神怜悯。使威生云，生澍雨恩泽苍生。时辰已至，天昏地暗，电闪雷鸣，喜雨即至。〕
　　〔天色已暗，柴堆之上，身穿红色祭服的水洛伊莎被绑在木柱子上，嘴上蒙着红布，水洛伊莎无法出声，只能拼命挣扎，但没有人在意她的感受。〕
　　〔祭坛下，众人在巫师的祷告声中，如同疯癫一般，一边喊喝着"铲除妖女，拯救生灵"，一边围着柴堆跳舞。〕
　　〔几个小伙伴也跟着众人跳舞，虽然面露悲伤，不断偷眼看看绑在木柱子上的水洛伊莎，但也只敢偷偷擦擦眼泪，敢怒不敢言。〕

〔被捆绑在一旁的阿木拼命挣扎，声嘶力竭地呼喊，但他的声音被淹没在众人的喊喝声中。〕

巫　　师　　寮祭时辰已到，道童点燃圣火。

〔道童举着火把上，将柴堆点燃。〕

巫　　师　　斯乡贫瘠，以此女为祭。圣火熊熊，柴烟升之于天，牺牲奉之于神。周天诸神，尚享献祭。

〔癫狂中的众人一片欢腾。〕

〔水洛伊莎在烟雾和烈焰中挣扎。〕

〔阿木对着柴堆，哭喊着，挣扎着，却无法相救。〕

〔柴堆发出爆燃的"啪啪"声，人们更加癫狂，围着柴堆舞着、喊着。〕

〔刀疤脸和几名壮汉混在人群中，来到祭坛下。〕

刀 疤 脸　　这么好看的妮子，烧死多可惜。

〔几个人跟着混乱的人群嘶喊，刀疤脸一蹿，跳上柴堆，将被烟雾和烈焰熏得奄奄一息的水洛伊莎一把抓住，瞬间消失得无影无踪。〕

〔几条壮汉也从激动的人群中鱼贯而出，闪入树丛，消失了。〕

〔阿木停止哭泣，痴呆地看着柴堆上奇异的一幕。〕

〔巫师拿出一条蜥蜴，恭恭敬敬地举过头顶。开始以蜥蜴求雨。〕

巫　　师　　蜥蜴蜥蜴，兴云吐雾。雨若滂沱，放汝归去。

〔篝火熊熊，人们依旧在舞蹈。突然一阵凉风吹过，天空中响起阵阵惊雷，雨点"噼里啪啦"落了下来。〕

一 老 人　　下雨了，下雨了！

族　　长　　下雨了，老天爷啊，终于下雨了。

众　　人　　下雨了，下雨了……

〔雨点越来越密，大家都仰着脸，任由雨水冲刷。〕

〔一声霹雳之后，大雨倾盆而下。〕

〔大家在救命大雨中欢呼雀跃，相互拥抱着、拍打着、哭泣着……〕

〔大雨之中，篝火越来越小，渐次熄灭。〕

〔巫师停止念诵，痴痴地看着天空和倾盆大雨，长舒了一口气。〕

〔族长走到巫师面前，躬身便拜。〕

族　　长　大师法力无边，受老朽一拜。

〔巫师一摆手，立即装出胸有成竹的样子。〕

巫　　师　山人不过奉神灵之命，救民于水火，拜谢大可不必，修葺道观之事，断不可迟疑。

族　　长　大师求来甘霖，救万民于水火。老朽便是倾家荡产，也必当奉献神灵。

巫　　师　道童上前，收纳牺牲之骨殖，献祭神灵。

〔两名道童急忙走向熄灭的柴堆，低头俯身捡拾水洛伊莎的骨殖。但他们抬起头来时，脸上却一片茫然。〕

〔一个道童跑回到巫师身边，俯身耳语。〕

巫　　师　没有？怎能没有？莫非人间蒸发了不成？

〔巫师皱着眉思忖，突然看到什么，目光痴呆地看着天空。〕

〔一片红色祭服的衣襟，在冷风中飘飞着从天而降，径直落到巫师面前。〕

〔巫师伸手接住那片红色的衣襟，双手捧起，盯着那片红色发了半晌呆，突然跪伏在地，将衣襟举过头顶。〕

〔道童们也急忙跪倒，连连叩拜。〕

〔在雨水中欢腾的众人，不明就里，也敛气息声，看着巫师和道童发愣。〕

族　　长　大师，这是何故？

巫　　师　此女本是行为不检之妖女，然，圣火已涤尽其罪孽，她已修炼成了保护此乡此土之圣女。水洛伊莎已经升天，众人还不跪拜顶礼。

〔族长一听，急忙跪下，众人也急忙跪地膜拜。〕

〔只有阿木开心地躲在人群之后，脸上露出快乐的笑容。〕

〔巫师冒着大雨，恭恭敬敬将那片衣襟供奉在祭坛之上。〕

|巫　　师|〔巫师带着道童在祭坛上，一再跪拜顶礼。〕
〔族长和众人也跪伏在泥水中，顶礼跪拜。〕
祈雨已毕，众人退却。
〔族长带着兵丁和众人，恭恭敬敬地倒退着离开。〕
〔几个男孩抽泣着准备离开，阿木拉住他们，大家冒雨在不远处的灌木之后观望。〕
〔巫师指挥道童拿出背囊，将祭坛上的金银收入囊中。和道童相视一笑，匆匆离开。〕
〔看到巫师等人离开，一个女孩——阿则冒雨冲到祭坛下哭泣。〕

阿　　则　水洛伊莎……
〔阿木等人也跑到祭坛旁。〕

阿　　木　阿则，别哭啦。水洛伊莎没有死，一个行侠仗义的英雄将她从柴火中救走了。

女　　孩　真的？

阿　　木　真的。那个英雄非常高大，脸上还有一道伤疤。

克　　古　伤疤？是不是在左边的脸颊？很长一道，从额头一直到下巴。

阿　　木　是啊，你怎么知道？

克　　古　天啊，那个刀疤脸可不是什么行侠仗义的英雄，他是牛角寨的头人，水洛伊莎的爹娘都是被他杀的，山寨好多人被他们掠走，到现在都生死未知。

〔阿木脸上的笑容骤然消失，一下子跌坐在地上。阿则又哭了起来。〕

阿　　则　水洛伊莎好可怜，没被巫师烧死，又要被土匪杀死。

克　　古　水洛伊莎无父无母，这下可怎么办啊？

阿　　木　我去救，即便拼却一条性命，也要救回水洛伊莎。

阿　　则　我也去。水洛伊莎给我分过粮食，要不是她，我早饿死了。

众　　人　对啊，水洛伊莎也给过我……还有我……

克　　古　谁不想救啊？可土匪那么多，我们几个怎么救啊？莫说

　　　　　　　救人，怕是山寨都进不去啊。
阿　　木　我们是打不过，但，可以想点巧办法？
阿　　则　什么办法？你快说啊？
克　　古　阿则，你别吵了，让阿木好好想想。
　　　　　〔阿木挠着头、皱着眉苦苦思索。孩子们焦虑万分，面面相觑。〕
　　　　　〔一个壮汉突然冒雨飞奔而来，冲进村落，看到祭坛旁的孩子们，禁不住哈哈大笑。〕
壮汉甲　　哈哈，你们都在啊，省得老子挨家挨户到处去找。
　　　　　〔阿木和孩子们都吓了一跳，克古和阿木急忙站在前面，伸出手臂，保护阿则和另外几个女孩。〕
阿　　木　你……你想干什么？
壮汉甲　　怕什么怕？老子又不是鬼。头人要娶媳妇，让你们上山寨跳朵洛荷助兴。走，赶紧走。
阿　　木　娶媳妇？
壮汉甲　　对，就是跳朵洛荷那俊妮子。
阿　　则　你是说……水洛伊莎。
壮汉甲　　对，就叫水洛伊莎。
阿　　木　水洛伊莎……她……同意了？
壮汉甲　　哼！要不是头人出手相救，早给那巫师烧死了。头人稀罕她，她还寻死觅活。你们去山寨也劝劝她。我可给你们说好了，你们都有爹有妈的，要是不听话，头人一生气，你们全家都得死。
　　　　　〔克古、阿则和孩子们都吓得往后面躲。〕
　　　　　〔一直沉默不语的阿木走到壮汉甲面前。〕
阿　　木　行，我们去。
克　　古　阿木，你……真要去？
　　　　　〔阿木用力点头。〕
　　　　　〔壮汉甲非常高兴。〕
壮汉甲　　总算有个懂事的，走吧，赶紧的。

阿　　木		我们明天去吧。给头人助兴，总得准备准备吧。
壮汉甲		准备？挑个舞有啥准备的。
阿　　木		这可是头人的婚事。我们去助兴，总得穿干净点，拿几朵花伞，送几坛子酒，才显得喜庆，对不？
壮汉甲		也行。你们几个小娃，也逃不出头人的手心。明天晌午必须到，要不别怪我不客气。
阿　　木		好汉放心。

〔壮汉甲冒雨跑走。〕

〔阿则愤怒地瞪着阿木。克古狠狠打了阿木一拳，阿木被打倒在地。〕

克　　古		你还是人吗？刚刚还说救伊莎，看到土匪就恨不得下跪。

〔阿木站起身，满脸笑容。〕

阿　　木		我们正发愁进不去山寨。这下好了，去跳朵洛荷，我们就能进山寨，救伊莎了。
克　　古		可进去了我们怎么救？
阿　　木		来，你们听我说。

〔阿木和孩子们凑在一起，窃窃私语。孩子们脸上逐渐露出豁然开朗的神情。〕

克　　古		我家有刀。
阿　　木		我去找迷药。我们悄悄动手。
阿　　则		我家还有几罐酒，不知我爹藏哪里了。

〔几个老人披着雨布，打着破雨伞，急匆匆地上场，来到祭坛旁。〕

克古爹		克古，你还不回家？
阿则妈		阿则，你们这是干啥？
阿　　木		我们……没干啥。
阿木妈		阿木，你就别瞒着了。你们说的话，我们都听到了。
克古爹		孩子们啊，你们都有情有义，可上牛角寨，就等于送死啊！
阿则妈		阿则，你不能去，一个姑娘家，万一……阿妈怎么活啊！
阿　　则		阿妈，你不记得啦，要不是水洛伊莎送粑粑，弟弟早就

饿死了，我们就眼睁睁看她被土匪杀了？

阿木妈　伊莎真是个好姑娘，她攒的粮食，不知救了多少人。

克　古　阿爹，我阿哥也是被刀疤脸杀的，你不也总想着报仇？

克古爹　我想报仇，也想救水洛伊莎，可……你们几个小娃娃不是去送死吗！

阿　木　我们想把兵器包裹成花伞、花扇，去给他们跳朵洛荷。到时候用药酒把他们迷昏，就可以救伊莎，救乡亲了。

〔几个长者面面相觑，相互对视着，随即用力点头。〕

阿木妈　那帮土匪害了多少人？孩子，这是你阿爹的迷药，我陪你一起去。

克古爹　行，女人、娃娃都不怕，大男人怕什么？大家赶快准备吧，要去一起去。彻底收拾了这伙强盗。

阿则妈　对，都去。

〔众长者纷纷点头。〕

〔在黑暗和暴雨中，众人忙碌起来。〕

〔阿则妈等妇人拿来最漂亮的衣服，打扮孩子们。每个孩子都有了不同的装扮：阿木装扮成田公，阿则打扮成渔妇、克古打扮成货郎……〕

〔克古爹和众男人开始装扮兵器。他们将宝剑用花布包裹起来，做成花伞的伞柄、花扇的骨架；将铁棍包裹起来，做成马鞭；将装药酒的酒坛装饰成花篮。〕

〔一阵鸡叫声传来，天就要亮了。〕

〔孩子们就要出发。忙碌了一夜的长者也开始整理衣服，他们戴上斗笠，背上装着武器的背筐。〕

克古爹　孩子们别怕，爹娘在山寨门前陪着你们。

第三场　　劫寨救人

地点：土匪山寨

道具：桌椅、酒坛、酒碗、花伞、花扇、花瓶、花篮、刀、剑

〔背景音：嬉笑声，醉酒的胡话〕
〔灯亮〕
〔山寨中：刀疤脸和一群土匪正在饮酒作乐，水洛伊莎被绑在旁边的柱子上，依旧在拼命挣扎。〕

壮 汉 乙　别闹腾了，头人看上你，是你的造化。
水洛伊莎　滚开。
壮 汉 乙　不识好歹的东西！
刀 疤 脸　滚开，你懂什么。我就喜欢有血性的女子。
〔刀疤脸走到水洛伊莎面前，水洛伊莎拼命挣扎。〕
刀 疤 脸　他说得也对，若非我出手相救，你早给烧死了。现在回去，他们也不会放过你，嫁给我有什么不好？
水洛伊莎　你是坏人，救了我，你也是坏人。
刀　　疤　一会儿那帮跳朵洛荷的小孩都要来山寨，你若再敢不从，我就把他们一个个宰了。
水洛伊莎　你……你敢！
刀 疤 脸　我是土匪，我是坏人，有什么不敢？
〔刀疤脸兀自离开，水洛伊莎痴痴呆呆地看着外面，轻声祈祷。〕
水洛伊莎　阿木，你们别来，千万别来。
〔壮汉甲跑进。〕
壮 汉 甲　头人，那帮小娃娃都来了，还打扮得漂漂亮亮的。
水洛伊莎　阿木，快跑，你快跑。
〔刀疤脸挑衅地看着水洛伊莎，哈哈大笑。〕
刀 疤 脸　我就说了，谁敢不听我的吩咐。
〔阿木和众孩子上场，面对土匪们的嬉笑和挑衅的目光，一个个都战战兢兢。〕
〔水洛伊莎看到大家到来，尤其是走在前面的阿木，忍不住抽泣起来。〕
水洛伊莎　你们怎么这么傻。
刀 疤 脸　行了，你们来了就好办。

刀 疤 脸　　书生，你去劝她和我成婚，要不我不光宰了你们，你们的阿爹、阿妈、七大姑八大姨，都别想活。

〔阿木战战兢兢走到水洛伊莎面前，连头都不敢抬。〕

阿　　木　　水洛伊莎，日子这么难，你就嫁给头人吧，至少不用再忍饥挨饿。

刀 疤 脸　　对啊，这书生就是会说话。

〔水洛伊莎止住抽泣，狠狠地看着阿木，不敢相信自己的耳朵。〕

水洛伊莎　　你居然……我真是看错你了。

阿　　木　　水洛伊莎，你听我说……

水洛伊莎　　滚开，我再也不想见到你。

〔刀疤脸勃然大怒，一把拉住阿则。〕

刀 疤 脸　　水洛伊莎，你再不点头，我现在就宰了她。

〔阿则吓得哭了起来。阿木急忙返回到刀疤脸面前好言劝说。〕

阿　　木　　头人，千万别动怒。喜宴上可不能见血啊。水洛伊莎只是害羞，要不我们先给大家跳朵洛荷，等她高兴了，再劝一劝。

〔刀疤脸想了想，推开阿则。〕

刀 疤 脸　　行，你赶紧劝，要不一个也别想活。

〔乐声响起，阿木急忙招呼孩子们排列队形，跳了起来。孩子们都非常紧张，舞步十分拘谨。〕

〔阿木手持小花伞，走到队伍前面领舞，他不停地做出各种夸张的造型，调动大家的情绪。孩子们也逐渐克服了恐惧，跳得越来越舒展。〕

〔土匪们一边喝酒，一边评头论足，渐渐平静下来。〕

〔阿木带着队伍，跳着舞来到水洛伊莎面前。但气愤难平的水洛伊莎气呼呼将脸转开，看都不看他一眼。〕

〔阿则看懂了阿木的心意，立即上前和阿木对舞，不停地围着水洛伊莎起舞。〕

〔水洛伊莎愤怒地转回头，瞪视阿木和阿则，突然看到阿则在阿木花伞的掩护下，向自己使眼色。〕

〔水洛伊莎定睛一看，阿木将花伞倾向一边，在阿则头上环绕一周，遮住了土匪的视线。然后将伞柄上的花布拉开，水洛伊莎看到，那竟然是一把尖刀。〕

〔水洛伊莎终于明白了阿木和伙伴们的心意，禁不住泪如雨下。〕

〔跳完一曲，阿木来到水洛伊莎面前劝说。〕

阿　　木　水洛伊莎，我们几个是死是活，都靠你了。求你答应吧。
水洛伊莎　你们只想自己的死活，可我……以后怎么活？
阿　　木　天灾人祸，日子艰难，在山寨有吃有喝，有头人保护，多好啊！
水洛伊莎　好不好，谁知道。反正也逃不出山寨，不嫁又能怎样？
阿　　木　头人，水洛伊莎同意了。

〔一直在旁边观望的刀疤脸，高兴得手舞足蹈。〕

刀　疤　脸　这就对了啊。你肯嫁给我，今后谁敢再欺负你们寨子的人？

〔刀疤脸急忙上前，亲手给水洛伊莎松绑。〕

〔阿木立即搬来装饰成花瓶的酒坛，克古拿起一只碗，献给刀疤脸。〕

阿　　木　请头人喝了这碗酒，以后拜托您照料我们的寨子。

〔水洛伊莎接过酒碗，刀疤脸抱起坛子倒了满满一碗。〕

水洛伊莎　我嫁给你，你可不能打我骂我。
刀　疤　脸　你这么好看，我怎么舍得。
水洛伊莎　那就全喝了，我才信你。

〔刀疤脸高兴地接过酒碗，一饮而尽，哈哈大笑。〕

刀　疤　脸　行了，酒也喝了，咱们拜堂吧。
水洛伊莎　等等，以后我怕是很难见到他们了，我想和大家再跳一次朵洛荷。
刀　疤　脸　行，必须行。

〔刀疤脸坐回座位上，水洛伊莎和伙伴们开始舞蹈，阿木

〔和克古抱着酒坛、酒碗,一边跳,一边给土匪们倒酒。〕
〔土匪们看着朵洛荷、喝着好酒,开心得哈哈大笑。〕
〔粗鲁的笑声渐渐微弱,刀疤脸和土匪们都渐渐变得神志不清。〕

刀疤脸　老子还要拜堂成婚,怎么这就醉了?
壮汉甲　莫不是头人你太高兴了?
壮汉乙　不对啊,这酒不太对头。
〔刀疤脸伸手去拿旁边的大刀,克古一跃而上,将他踢倒。阿木抽出花伞上的尖刀,按住刀疤脸,将尖刀插进了他的胸膛。〕
〔刀疤脸被杀死,周围的土匪也都晃晃悠悠、身不由己,拿着刀子乱砍。〕
〔阿木、克古和阿则、水洛伊莎急忙拿出武器和土匪搏斗。〕
〔就在这时,两个在外面放风的土匪风风火火地冲了进来。〕

壮汉丙　头人,外面……唉,这是怎么回事。
壮汉丁　这几个小崽子是劫寨啊。
〔两个没被迷翻的土匪挺着钢刀向孩子们逼来。看着步步逼近的土匪,大家非常紧张。〕
〔克古阿爹带着一群乡亲一哄而上,一顿打斗,将土匪们全部消灭。〕
〔阿木走到水洛伊莎面前。〕

水洛伊莎　(抽泣)阿木……
阿　木　伊莎,受苦了,咱们回家。
水洛伊莎　土匪还绑来好多乡亲,都关在后山做苦工。不能丢下他们不管啊。
阿　木　走,我们去救乡亲。
〔水洛伊莎走了几步,停下来,看着阿木,阿木羞涩地笑笑,牵起水洛伊莎的手。水洛伊莎与阿木手牵手,带着大家跑了出去。〕
〔背景红光〕

〔旁白:(老人)我以为要死在这里,真没想到你们会来救我们啊。
(青年)把山寨烧了,别让他们以后再祸害人。〕
〔灯灭,舞台陷入一片火光和欢呼声中。〕

尾　声　淬火的朵洛荷

道具:花伞、花扇、花瓶、花篮

〔幕启〕
〔灯亮〕
〔巫师和族长黑着脸站在祭坛上。〕

族　　长　我听说水洛伊莎没有升天,也没有变成圣女,是被刀疤脸劫上了山寨。

巫　　师　神灵之事,岂能胡乱猜测?我说成了圣女,就是成了。

族　　长　此处并无旁人,你莫再搪塞敷衍了。那帮孩子带人上山救人,万一她好端端地回来,你我威信何在?

巫　　师　救人?果真?

族　　长　我骗你做甚?

巫　　师　此事断不可说穿。否则今后你我在这帮乡民面前如何做人?

族　　长　事已至此,如何收场?

巫　　师　那有何难处?若那女子果真回来,只需如此这般,便可……

〔巫师和族长窃窃低语。〕
〔阿木、水洛伊莎、克古阿爹及孩子大人们一起上场。〕
〔大家都兴高采烈,孩子们更是高兴得手舞足蹈,一边走,一边跳着舞。〕
〔阿木牵着水洛伊莎,水洛伊莎俏皮地围绕着他,跳着舞。〕

克　　古　阿木,这次我们救了水洛伊莎,烧了山寨,还救了那么多乡亲，以后看谁还敢说我们是小孩。

阿　　　则　　伊莎又能和我们一起跳朵洛荷了。

克 古 爹　　伊莎，有情有义；阿木，足智多谋，这两个孩子真是天生的一对。

阿 木 妈　　经历了这一劫，两个孩子的心更近了。回去就把水洛伊莎接回家。

〔阿则和克古跑过来道喜，水洛伊莎和阿木羞涩地松开手。〕

克 古 爹　　太好了，我一定要讨一杯喜酒喝。

阿 木 妈　　日子再穷，喜酒也是要有的。

〔大家有说有笑，径直走到祭坛旁。看到黑着脸的巫师、族长和一大群兵丁。〕

克 古 爹　　族长，这个巫师是个骗子，水洛伊莎是被土匪劫走了，不是……

族　　　长　　克古阿爹，你莫信口雌黄。大师用尽法力，为我等求来甘霖。你这般诋毁神灵，难道又要给乡里招来灾祸？

克 古 爹　　谁雌什么黄了？水洛伊莎是我们大伙儿一起救出来的。你看，我们还烧了山寨，救出被土匪绑走的乡亲。

族　　　长　　那又如何？凭你等老弱妇孺，能成此大事？

克 古 爹　　真的，你看看……这些乡亲……

族　　　长　　你懂什么？大师早已知悉此事，特令我等在此处迎候圣女归来。

巫　　　师　　水洛伊莎本为俗世之女，罪孽深重，虽经圣火洗炼，然命中必有此劫，我借神灵之力，加以辅佐，方可了断尘世浮沉，成就大果。

克 古 爹　　啥？你辅佐的？

巫　　　师　　圣女归来，众人拜祭。

〔巫师带头，族长和兵丁跪倒在地，对着水洛伊莎叩头。水洛伊莎急忙躲到一旁。〕

水洛伊莎　　我是水洛伊莎，我不是圣女。

巫　　　师　　（跪地拱手）圣女历经圣火，虽保留俗世之貌，然绝非俗

　　　　　　世之人。今后圣女须被奉于祠堂，不可再踏入俗世，更不可让俗世之人有丝毫冒犯。

水洛伊莎　你说什么？阿木，我不是圣女。族长，我不当圣女。

〔阿木和阿木阿妈急忙将水洛伊莎挡在身后。〕

阿　　木　水洛伊莎是我的妻子，你要找圣女，找别人去。

族　　长　大胆！放肆！你与水洛伊莎行为不检，冲撞神灵，险些酿成大祸。大师顾惜你父传道授业之功，不予惩处。如今之圣女，绝非俗世之水洛伊莎，乃守护本乡之神灵，岂容你如此亵渎？

水洛伊莎　族长，我真不是圣女，我就是水洛伊莎啊。

族　　长　（跪地拱手）圣女乃守护之神，切不可眷恋尘世之镜花水月。

水洛伊莎　我要回家，我要回家，我不当圣女。

阿　　木　对，我们回家。

族　　长　圣女为俗世所囿，望大师借神灵之力，为圣女指点迷津。

〔巫师起身，一边念着含混不清的咒语，一边挥动拂尘，打在阿木和水洛伊莎紧紧牵着的手上。兵丁和道童随即一哄而上，合力撕扯着，将这对恋人分开。〕

〔几个道童将水洛伊莎高举过头，抬往祠堂。〕

〔兵丁将阿木抓住，按在地上。〕

巫　　师　俗世不断，圣女难归。速将阿木埋于土坎深坑，以绝圣女尘世之囿。

〔兵丁拖着阿木向外疾走，阿木阿妈、克古阿爹等人上前阻拦。〕

阿　木　妈　放开我的儿子，阿木啊！

族　　长　（断喝）大师做法，令圣女守节，乃为大地苍生计。此乡山河田土，均为吾家所有，尔等若敢再加阻拦，必当收回田土，众人生计皆失，唯有离乡背井，乞讨为生。

〔众人不忍放手，又不敢抗命，全场静默，只有阿木阿妈悲怆的哭声。〕

〔水洛伊莎被安放在祭坛上，静静地看着祭坛下，擦擦眼泪。〕

水洛伊莎	族长、大师，你们说我是圣女，对吗？
巫　　师	然也。
水洛伊莎	好。既然我是圣女，圣女让你们放掉阿木，你们听吗？
巫　　师	必当听命。
巫　　师	放人。

〔兵丁放开阿木，阿木挣扎着冲向祭坛。〕

阿　　木	伊莎，别上当，他们是在骗你。

〔水洛伊莎静静地看看阿木，落下一行清泪。〕

水洛伊莎	族长，圣女要你让出田土，不收赋税，你听吗？
族　　长	（咬咬牙）行。

〔水洛伊莎站起身，走向数名兵丁把守的祠堂。〕

水洛伊莎	好，若能守护乡亲，这个圣女我就当了。
阿　　木	（撕心裂肺地大喊）伊莎、水洛伊莎……

〔水洛伊莎停下脚步，犹豫一下，但并没有回头，缓缓地走向祠堂。〕

〔克古和阿则看着悲痛欲绝的阿木，也悲从中来。〕

〔巫师和族长相视而笑，正准备带着兵丁和道童离开。〕

〔阿则伸开双臂，将他们拦住。〕

阿　　则	等等。我听说，圣女不光保护百姓，还能与神灵相通，对不对？
巫　　师	确有此事。
阿　　则	她还能教我们祭祀、祈祷，不再受无耻小人欺骗，对不对？
巫　　师	嗯，圣女……圣女是有……
阿　　则	那好。我们要圣女教我们祭祀。

〔巫师和族长面面相觑，不知如何作答。〕

〔克古和孩子们都跑了过来，围住他们。〕

众　　人	对，我们现在就要圣女教我们祭祀。
巫　　师	（沉吟片刻）圣女乃一方神祇，岂能随意调遣？
阿　　则	骗子。

众　　人　骗子，骗子！

〔巫师慌乱不堪，看向族长，族长悄悄伸出一根手指。〕

巫　　师　每年正月十八，乃圣女临幸尘世之日。只有那一日，圣女才能向你等凡夫俗子，传授祭祀之道。

克　　古　不行。一年才教一次，我们凡人学不会。

〔孩子们和乡民们都义愤填膺，巫师看着大家愤怒的目光，急忙牵牵族长的衣袖。族长环顾四周，皱着眉，点点头。〕

巫　　师　（清清嗓子）圣女身负护佑苍生重任，不可随意叨扰。月圆之夜，许尔等在祭坛遥望。

〔巫师和族长等人拂袖而去，留下阿木和孩子们对着祠堂苦苦张望。〕

〔天渐渐黑了，祠堂中点燃了灯火。水洛伊莎孤零零的身影映在惨白的窗纸上。〕

〔阿则禁不住抽泣，阿木暗自垂泪。〕

克　　古　（捶打着土地）为什么水洛伊莎的命就这么苦？

〔灯火一阵摇曳，水洛伊莎站起身来，轻盈地挥动着手臂，跳起舞来。水洛伊莎在原来的朵洛荷的基础上，将她和阿木同甘共苦、历经磨难的往事都融入舞蹈，将浓郁的爱恋、苍凉悲壮的情感嵌进了每一个动作之中。〕

〔月亮升起来了。洁白的月光下，祠堂大门打开，水洛伊莎的身影在闪烁着灯火之光的圆形拱门中，如同仙子。〕

〔阿木也站起身，站在祭坛上，在月光下遥相舞蹈、呼应。孩子们也跟随在阿木身后，跟着舞蹈。水洛伊莎舒展衣袖，隔空相拜。他们虽然无法接近，但每一个动作都表达了对彼此的真情。〕

〔月色渐淡，夜已深了。兵丁关上了祠堂门。阿木和孩子们痴痴地看着祠堂。〕

克　　古　阿木，刚刚我们跳的是什么？好像和以前的不一样啊！

阿　　木　是朵洛荷，是淬火的朵洛荷。

克　　古　要不我们再去把水洛伊莎救出来？

阿　　则　你还没明白水洛伊莎的苦心吗？她不仅是为了阿木，也是为了山寨的百姓，是为了救大家啊。

克　　古　那怎么办？难道就让阿木和伊莎这么苦一辈子？

阿　　则　阿木还会娶亲，伊莎怎么办？

阿　　木　我不会再娶任何人。我愿意等水洛伊莎一辈子。无论经历多少苦难，只要有朵洛荷，两个人就可以见面，就还有希望，就可以期待未来。

〔光暗〕

〔幕落〕

（剧终）

话剧舞剧《潇漪之恋》
—— 沧海珠有泪　亘古未了情

创作立意

四亿年前，曲靖是一片温暖的海洋。近年种类繁多的远古鱼类化石在曲靖大量出土，引起国内外专家的关注重视，曲靖也被誉为"鱼的故乡"。本剧以梦幻鬼鱼和长吻麒麟鱼为原型，以纯洁、真挚的爱情为主线，时间跨度为四亿年。通过跨越时空的亘古之恋，重现那片蔚蓝深海。

本剧根植于曲靖本地，建立于长期科研探索的基础之上，旨在对"鱼的故乡"进行艺术性挖掘和开发，通过剧目的排练和演出，推动曲靖旅游开发。

故事梗概

四亿年前，幻鬼族与麒麟族常年征战，幻鬼族王子潇与麒麟少女漪倾心相恋。潇和漪来到幻鬼圣地——潇湘台祭拜神灵，祈求和平。时任幻鬼族族长的幻鬼鳞尊却认为海底的轰鸣是两人触怒了神灵，命人将漪杀死。危难时刻，潇拔下自己的护身宝物——金鳞，保护恋人漪脱险，自己却因失去金鳞的保护，被幻鬼鳞尊囿于法网之中。漪冒险返回，与潇同生共死。此时，海底却开始撕裂，海水变得火红沸腾。唯有潇与金鳞才可以拯救危难中的生灵。漪将金鳞贴回潇的额头，看着潇平安离去，自己却被岩浆吞噬。潇在悲痛中带部族随波远去。数亿年后，鱼类专家潇意外发现了一块鱼化石，总有似曾相识之感，当他触摸鱼化石眼前的那滴珠泪时，一丝光线若隐若现，数亿年前的场景恍然重现。在碧海之中，葱绿的水草、瑰丽的珊瑚环绕身畔,漪翩翩起舞,溇终于想起了数亿年前的恋人。漪将一颗珠泪连同数亿年的思念,一起交给了溇。

人物简介

漪：麒麟族少女
溇：幻鬼族王子
浒：幻鬼族族长,幻鬼鳞尊

〔灯亮〕
〔背景音〕
〔序曲《幻遘诀》〕
浩瀚汤汤,凌波泱泱;
水何澹澹,曜灵弥望,霜蟾茫茫。
日月经天长岁兮,江河行地滉瀁;
海纳百川岩峣兮,百川齐归故乡;
故乡娉婷梦幻兮,幻鬼蹀躞潇湘;
潇湘有鱼为漪兮,亘古因溇遘忘。
〔大幕上投影出故事发生的时间、地点及背景〕
〔字幕 四亿年前,曲靖是一片温暖的海洋,如一颗碧蓝的宝石,宁静安详,连接着天和地,环抱着水草、珊瑚和自由嬉戏的鱼儿们……〕
〔序曲中,大幕上浪花翻涌,追光下,一两个身着鳞衣的娇俏女子,悄悄掀开大幕,俏笑着相互好奇地向外张望。〕
〔画外音:(卫兵大吼)潇湘圣地,竟敢擅闯。还不速速离开?〕
〔两个女孩紧张回望,悄然隐去。〕
〔大幕随即拉开,蔚蓝深海环抱中的潇湘台跃然眼前。一个身着鳞质甲衣的卫兵,手执长戟在潇湘台上来回巡视,面容狰狞,目光凶狠。〕
〔潇湘台下,随着卫兵走近,十几位身着翠绿绫衣的"水草"、

身着彩色绫衣的"珊瑚",都悄然向两旁退却。卫兵困倦了,倚着长戟打起盹来。〕

〔潊牵着漪飘然出场,水草和珊瑚们都快乐地翩然起舞。〕

〔潊和漪在水草间快乐穿行嬉戏。看到在不远处打盹的卫兵,漪急忙停下脚步,收敛了笑容。潊笑而不语,拉过几株水草挡住漪,自己快步走上潇湘台。〕

潊　卫兵,卫兵在哪里?

〔卫兵惊醒,长戟"当啷"倒地。看到潊一脸严肃,卫兵慌忙捡起长戟躬身下拜。〕

卫兵　卑职在这里。不知王子您会来,请您降罪。

潊　是不是又贪饮偷喝了琼浆?起来吧。族长让我在潇湘台静坐、自省,你走吧,我要独自与神灵沟通。

卫兵　我负责守卫圣地,擅离职守,担心鳞尊责罚。

〔潊夺下长戟。卫兵吓了一跳。〕

潊　我在这里,难道还不能守卫圣地?

卫兵　不敢,不敢。息怒,息怒。

〔卫兵嗫嚅着倒退几步,走下潇湘台,犹犹豫豫地离开。潊立即露出笑容,飞奔下潇湘台,来到水草珊瑚间寻找漪。〕

潊　漪,潇湘台上新生出一丛金色的珊瑚,非常奇异,我带你去看。

漪　这里是幻鬼族的圣地,我却是麒麟族的臣民。两个部族的仇杀刚刚结束,如果我踏上潇湘台,恐怕又会惹出事端。

潊　别怕。等我加冕之后,你会成为我的王后,两个部族从此成为一家,再也不会有杀戮和征战。潇湘台是我父母和祖先的长眠之地,我想和你一起告祭先人,请求他们赐福。

漪　只要能和你在一起,只要我的父母、族人再不用东躲西藏,逃避幻鬼族甲兵的追杀,我就满足了。

〔漪黯然神伤,低头垂泪,眼泪化作了一颗璀璨的珍珠。〕

潊　再经历两次潮汐,我就成年了。加冕后我就与麒麟部长老握手言和,永结盟好。今后,我不会让你再流一滴眼泪。

〔漪领首微笑,潊牵着漪缓步走上潇湘台。一丛翠绿水草一

　　　　　阵晃动，露出卫兵窥伺的目光。〕
潆　　母亲说过，金色的珊瑚就是神灵的祝福，我会用它为你做最美的花冠。
漪　　顶礼神灵。
　　　〔漪将珍珠献祭在金色珊瑚之间，珊瑚瞬间变得璀璨夺目。潆与漪围绕着金色的珊瑚，在潇湘台上长袖漫舞，告祭神灵。水草和珊瑚们也翩然起舞。〕
潆　　浩瀚汤汤，凌波泱泱；
漪　　水何澹澹，曜灵弥望，霜蟾茫茫。
众　　日月经天长岁兮，江河行地滉瀁；
　　　海纳百川岜峨兮，百川齐归故乡；
　　　〔画外音：（鳞尊）潇湘圣地，何人喧嚣？〕
　　　〔潆和漪正在金色珊瑚旁祈福，幻鬼鳞尊带数名甲兵上场。乐舞瞬间停歇，水草和珊瑚顿时花容失色，慌忙躲藏。鳞尊走上潇湘台，潆挺身护住漪。〕
潆　　鳞尊，漪是我未来的王后，我带她来告祭神灵，有何不可？
鳞尊　王后？麒麟族的卑贱女子怎配做我幻鬼族的王后？竟然还擅闯我潇湘圣地。卫兵，把这麒麟贱民拿下！
　　　〔甲兵呼号一声，一哄而上。潆一手牵着漪，一手挥长戟将甲兵驱散。〕
潆　　谁敢？
鳞尊　你不要依仗金鳞护身，便肆意妄为。你父母已死，现在我是族长。
潆　　族长就可以肆意妄为？鳞尊杀戮成性，连年征战，麒麟、幻鬼两族尸横遍野。共享一片浩瀚深海，本该相互守望，你怎能恃强凌弱，滥杀无辜？
鳞尊　我看你是受了麒麟女的蛊惑。身为王子，竟然冒犯族长，就不怕我将你贬为庶民？
潆　　漪是我的爱侣，族长如果不容，我宁愿做一介庶民。
漪　　我无意冒犯鳞尊，更不敢擅闯圣地，只是来献祭神，祈祷麒麟与幻鬼两族永结盟好。

〔鳞尊挥手将珍珠打落，珊瑚瞬间变得黯淡无光。〕

鳞尊　献祭？你的卑贱珠泪，已经亵渎了幻鬼的神灵。

〔溧将珍珠捧在手中，牵起漪的手。〕

溧　　鳞尊，看看吧，这片碧波已经被你染成了红色，难道你就不怕亵渎神灵？我们走，找一片自由的碧蓝深海，再不用看到这样的暴虐与凶残。

鳞尊　（大怒）慢。身为王子却沉湎女色，没有丝毫进取之心。想走可以，要么剥掉金鳞，要么将麒麟贱女杀死。

溧　　漪只想让两个部族和平相处，何罪之有？为何要施以刀斧？

鳞尊　她蛊惑王子、擅闯圣地，分明是一个妖女。近日海底不时泛出热浪，大地发出轰鸣，原来是这妖女招来的灾祸。只有将她千刀万剐，才能平息神灵的怒火。

〔鳞尊大手一挥，甲兵将潇湘台团团围住。〕

〔溧深情地将漪拥入怀中，镇定地看着鳞尊。〕

溧　　我不会伤害我的爱人，也不会将金鳞交给你这样的凶暴之徒。

鳞尊　好啊。你有先皇恩赐的金鳞护体，我奈何不得。甲兵们，刀剑齐下，看看妖女是不是血肉之躯。

〔鳞尊用剑一指，甲兵们蜂拥冲上潇湘台。〕

〔溧用长戟将甲兵挡开，将漪紧紧拥住，亲吻她的额头。漪幸福地微笑着，准备随时赴死。〕

鳞尊　（吼）砍、砍、砍！神灵冥冥，尚享糜饮，麒麟必绝，幻鬼昌隆……

漪　　溧，我不怕。能够在你怀中赴死，我已经非常幸福。

溧　　我不会让你死，也不会让你受任何伤害。

漪　　放我走吧。答应我，好好守护这片蔚蓝深海，护佑两族和平相处，再也不要有杀戮和征战。

〔鳞尊继续做法。〕

鳞尊　（吼）砍、砍、砍！神灵冥冥，尚享糜饮，麒麟必绝，幻鬼昌隆……

〔溁一边抵挡着甲兵，一边嗔怪地抚摸着漪的脸颊，随即将额头的金鳞剥下，贴在了漪的鬓间。他先是用力将漪推开，却又不舍地牵住她的衣袂。一件金色的纱衣瞬间笼罩在漪的四周。〕

〔漪吃惊地看着突如其来的一切，想摘下金鳞还给溁，甲兵对着漪又劈又砍，在金色纱衣的保护下，刀剑无法伤到漪的身体。金色的珊瑚将漪缓缓托起，在甲兵和鳞尊惊诧的目光中，飘然远去。〕

漪　　溁！溁！

鳞尊　（吼）……神灵冥冥，尚享糜饮，麒麟必绝，幻鬼昌隆……

〔看着飘然远去的漪，鳞尊声音渐低，他转回头瞪视着溁。溁对着漪远去的方向翩然起舞，对鳞尊的怒视视若无睹。〕

鳞尊　你竟将神圣的金鳞，给了那个卑贱的妖女！这会让大海沸腾、毁掉所有部族。你，你这简直是大逆不道。你就不怕死吗？

溁　　生于幻鬼，困于心疾。我的恋人已经平安离去，又怎会为生死挂怀。只可叹我年幼无知，没能早点识破你的真面目。

鳞尊　幻鬼的宝物岂能为妖女所有？我将做法召唤金鳞，转瞬之间就会将她擒到潇湘台，一片片剥除她的鳞片，剁成肉糜。

〔溁举起长戟，直指鳞尊。〕

溁　　你可敢和我决一死战？我输了，是生是死，由你发落。你输了，就将族长位让给贤能之人，从此安心超度两部族惨死的生灵。

〔鳞尊持剑后退两步，癫狂地吼叫着，命令甲兵上前攻击溁。溁仰天大笑。〕

鳞尊　他已没有金鳞护体，甲兵们，上，杀死他！不，抓住他。我要把他千刀万剐！

鳞尊　不，不，不！我要将他困于法网，升至海面，献祭神灵。

〔甲兵包围上来，面对手持长戟的溁，既不忍加害，又害怕鳞尊责难。〕

〔双方对峙片刻，溁撒手将长戟抛下。〕

溁　　未能惩戒鳞尊，整饬部族，任由他残害生灵，我已经犯下了不赦之罪，再不想对我的族人大动干戈。

鳞尊　把这个悖逆部族的叛徒抓起来。

〔甲兵们不敢违抗，满脸不忍地上前将溧抓住。鳞尊一脸骄横地瞪视着溧，拿出水草编织的法网，将溧囿于其中。〕

鳞尊　囿于法网之人，灵魂永世不得超生。我要让你眼睁睁看着麒麟妖女经历千世轮回，却再也不能和她相遇。

〔法网中的溧，手捧着漪留下的珍珠，凝视着漪离去的方向，含泪微笑。〕

〔灯光音效〕

〔灯影摇晃，沉闷的轰鸣〕

〔大海开始猛烈摇晃，发出沉闷的轰鸣，随即热浪弥漫，红色的火焰从海底升腾，逐渐席卷大海。鳞尊和甲兵们都惊恐万分。〕

甲兵　鳞尊，王子是受神灵护佑的，赶快收起法网吧。神灵已经发怒了。

鳞尊　大胆甲兵。溧被妖女蛊惑，亵渎部族神物，才触怒神灵。只有即刻升网献祭，才能平息神灵的怒火，避免灾祸。

〔甲兵们敢怒不敢言。鳞尊恭敬举杯，开始做法，法网开始缓缓上升。〕

鳞尊　羽舫瑶浆，醅以为骨，神灵尚享，护佑金鳞，莫入雷渊；旋即归兮，守卫部族。填填雷霆兮，惟魂是索，流金铄石兮，妖女糜散。

〔潇湘台下，手持金鳞的漪飞奔而来。她小心地将金鳞藏在珠冠之下，快步走上潇湘台。〕

漪　慢。既然鳞尊认定是我触怒了天神，就应以我来献祭，请你放了溧，所有灾祸让我来承担。

〔漪快步走到溧的身边，将缓缓上升的法网紧紧拉住，与溧深情凝视。〕

溧　漪，你不要过来，你快走啊！

〔鳞尊对天膜拜。〕

鳞尊　神灵护佑，金鳞带妖女归来。

鳞尊　妖女，你蛊惑幻鬼王子，怎能逃得过惩罚？甲兵，夺回金鳞宝物，将这个妖女押到祭坛之上，碎尸万段，告慰神灵。

〔甲兵一哄而上，拉扯溱和漪。鳞尊也试图抢夺金鳞。金鳞突然闪现一道亮光，将众人全部击倒在地。〕

漪　金鳞不仅是幻鬼族的神器，也是溱的护身之宝，你又怎能夺走？我情愿返回，只想进入法网，与溱同生共死。你若再来冒犯，我宁愿毁掉金鳞，与这片大海同归于尽。

〔鳞尊和众甲兵都大惊失色。〕

鳞尊　好，既然你们这般情深似海，情愿万劫不复，我就成全你们。

〔鳞尊施法，法网缓缓开启一扇门，漪毫不犹豫跳进法网，与溱紧紧拥抱。法网缓缓向上升起。〕

〔灯光，道具〕

〔舞台被光晕染成了深浅不一的蓝色，舞者穿梭，蓝色绸带翻滚着，淹没了潇湘台。〕

〔漪和溱相互拥抱着，向着越来越明亮的海面升腾。〕

溱　法网一旦升到海面后，我们会窒息而死，凝固成石头，但灵魂却不得安宁，只能眼睁睁看着自己的亲人承受苦难，却不能出手相助。我没能制服鳞尊、拯救部族，应该遭受惩罚。漪，你不该来，我只希望你在金鳞的护佑下，平静安宁地度过一生啊！

漪　溱，如果你不在，再长的岁月，对我也只有煎熬。有你陪在身边，就不会有死的恐惧，只有相伴的幸福。

溱　即使我们都被杀死，鳞尊也不会善罢甘休，他一定会迁怒于麒麟族，对你的家人和部族痛下杀手。漪，金鳞可以帮你摆脱法网，你快逃走吧，去拯救那些无辜的族人。

漪　潮涨潮落，潮汐更迭，千万亿个轮回，会不会很漫长。

溱　漪，别说傻话，海面已经近在咫尺，你必须马上离开。

漪　多想你能再陪我经历一次潮汐，多想能和你一起走到岁月的尽头。即便我们都很老的时候，依旧可以牵着你的手。

溱　漪，即便我凝固成石头，也会一直在这里静静地守望着你。

〔灯光，音效，道具〕

〔随着一阵阵大海的咆哮声，舞台转换为红光，舞者翻转手中的绸带，蓝色转瞬变成了红色。烟雾随即喷出，在灯光下呈现为红色的雾幔。〕

〔海水变得血红，奔涌着，狰狞沸腾。在殷红的海水中，幻鬼族和麒麟族的族人都在拼命奔逃。漪微笑着紧紧拥抱溧。〕

溧　大海为什么会变得沸腾？

漪　金鳞让我看到了即将发生的一切。火焰正在大海之下奔涌，即将吞没这片大海。族人必须迁徙到很远的地方。溧，你必须逃离法网，只有你和金鳞合二为一，才能保护所有的部族逃离祸害，免受灭顶之灾。

溧　要走就一起走。我不会丢下你不管。

〔溧拼命撕扯着法网，法网却牢不可破。漪紧紧拉住他的手。〕

漪　溧，再拥抱我一次，让我们彼此记住，永生不要忘记。

〔火红的海水更加狰狞，溧紧紧拥抱着漪，两人在火红的海水中翩然起舞。漪从珠冠中取下金鳞，用力贴在溧的额头。一道金色光芒闪过，溧瞬间逃出法网，汇入了逃亡的族人之中。漪却被困在法网中，在火海之中时沉时浮。〕

〔溧悲痛地呼喊着想要牵住漪的手，但一阵波涛将两人冲散。〕

〔灯光，音效，道具〕

〔大海的咆哮声、大地的撕裂声中，火红的海面上烟雾弥漫，在两人之间，一座铁青色的山峰慢慢升起。溧呼喊着随波远去，漪逐渐被火海吞没。〕

〔灯光骤然熄灭，舞台背景撤换。大幕上投影出故事即将发生的时间、地点〕

〔字幕　时光流转，沧海桑田，四亿年后，曲靖已成为了美丽安宁的高原，人们共享着蓝天碧水，绿树繁花。〕

〔序曲二：《梦媔曲》〕

星垂平野霅霅兮，月涌大江沧海；

排浪击天蓝莹兮，声碎玉阁楼台；
既婉娩于幽静兮，飒缅歌阑天籁；
水草旖旎如烟兮，葽荽数日琶琶；
贝阙珠宫壮美兮，故乡便嬛等待；
瞬美目以流眄兮，兰因亘古之爱。
〔灯光亮起，舞台上已是一个现代的实验室场景。漪蜷曲成拥抱的姿势，嵌在灰色的画框中，已经是一块鱼化石。身着现代装束、戴着眼镜的溧，坐在桌案前，对着书架上这块鱼化石久久凝视。〕

溧　　小虫的形状是树脂怀抱小虫的形状，鱼儿的形状是水怀抱鱼儿的形状，飞鸟翅膀掠过的形状是天空怀抱飞鸟的形状。你拥有的是怎样的怀抱啊，鱼美人？

溧　　那是怎样的爱啊，鱼美人？那该是多么深的眷恋与思念。怎样的爱，护卫着你啊，鱼美人？纵然历经亘古，你依旧娇艳美丽，依旧像依偎在爱人的怀抱。

〔溧起身走到鱼化石前，深情凝望。〕

溧　　你来自哪里啊，鱼美人？你到底经历了怎样的沧海桑田、生离死别？能够遇到你，是一个奇迹。为什么我会感觉似曾相识？为什么我会对你如此钟情？为什么我的梦中会浮现你在碧蓝深海中俏丽的身影？

〔化石之上，漪也深情凝望，但却无法向溧诉说。溧思索着转回身，漪却无法挽留溧。〕

溧　　四亿年的春秋，该有多少个潮涨潮落、星汉更迭？你为何留在这里？你为何眼含泪光？你到底想倾诉什么？思念什么？等待什么？

〔漪脸上露出欣慰的笑容，她将数亿年的守候和期待都化成了一滴珠泪。在她的眼前，一丝光亮若隐若现。这丝亮光吸引溧转回身，吃惊地看着鱼化石。〕

溧　　这是一滴珠泪化石吗？这可是一个远古的召唤。鱼美人，你一定是一位奇女子，一直在守候着你的爱人。你等到他了吗？

他是否还记得你的笑容？

〔溁伸手触摸那滴闪耀的珠泪，舞台灯光骤然熄灭，珠泪越来越明亮，越来越璀璨，数亿年前的场景恍然重现。〕

〔碧蓝的海水、葱绿的水草重叠在实验室的背景中，漪在水草和珊瑚的迎接和簇拥下，走出鱼化石，环绕着溁翩翩起舞。〕

〔溁试探着伸出手臂，伴着水草和珊瑚们翩然起舞，宛如四亿年前潇湘台下的缱绻之舞。〕

〔序曲二重起：《梦媔曲》〕

星垂平野雪雪兮，月涌大江沧海；

排浪击天蓝莹兮，声碎玉阁楼台；

既婉媔于幽静兮，飒缃歌阑天籁；

水草旖旎如烟兮，蓂荚数日琶琵；

贝阙珠宫壮美兮，故乡便嬛等待；

瞬美目以流眄兮，兰因亘古之爱。

〔溁跟随着漪在水草间快乐穿行嬉戏，越来越舒展。溁和漪十指相对，相互凝视着。溁脸上的神情从诧异到似曾相识再到恍然醒来。他突然停下脚步，思索着、回忆着。〕

溁　漪？你是漪？

〔漪笑而不答，潸然泪下。溁向漪张开手臂，碧蓝的海水、灵动的水草、珊瑚将他们紧紧环绕……〕

〔光暗〕

〔幕落〕

（剧终）

话剧《爨之魂》

创作立意

本剧创作灵感来源于以国家重点保护文物"爨宝子碑"和"爨龙颜碑"为代表的爨文化,笔者将爨体书法的神韵融入舞蹈动作和剧情发展。本剧充分挖掘东晋经南北朝至唐天宝七年,爨氏统治南中地区 400 多年间创造的辉煌文明,展示曲靖丰厚的历史底蕴、独特的地域文化特征,弘扬爨文化宝贵的精神遗产。

通过少数民族典祀和巫文化,化解时空阻隔,以跨越时空的爱情,串起爨自南迁至繁盛的历史片段。在生离死别中,增强剧目故事性、代入感。将爨乡书法、礼乐、诗词、歌舞、习俗、典祀、服饰、饮食、医药、建筑、习俗、工艺等融汇其中,完整展示爨文化魅力。以对民族团结、和平安宁的渴望,推动剧情发展。男女主人公在牺牲与付出中,人格、性格、品格得以升华。

故事梗概

这是一个纵贯数百个春秋的故事,以璞洌旖与梓哿龙跨越时空却触不可及的爱情,串起爨氏一族南迁、立足、与当地民族融合、繁衍生息的历史。璞洌旖与梓哿龙为族人繁衍生息,背负着重责与牺牲,承受着家族使命与个人愿望的背离、命运与情感的交锋。本剧以这对恋人在牺牲与付出中的挣扎、撕裂与成长,以及他们历经数世,对"爨"字之深意进行了体味与解读,展示爨氏一族的牺牲精神、责任担当和民族团结的精神。

故事大纲

第一幕（南迁）：东汉末年，经历了两次"党锢之祸"，朝廷政治愈发混乱，边关战乱频繁，爨族为保住最后的骨血，举族南迁。千里跋涉，历经磨难，不少人倒在南迁的路上，爨民们循着祖先留下的神秘讯息，寻找被神灵亲吻过的土地。璞洌旖为族人试喝溪水，身中瘴蛊之毒。老族长将神力、族符和责任传给璞洌旖，权杖化为护佑族人的祖先树。

第二幕（落足）：爨民栖息在祖先树下，开荒打猎，祈福与祈祷。一山之隔的土人却在不断病倒。阿莓爱上了勇猛的梓哿龙，阿厄臾蛊爱上了璞洌旖。梓哿龙捕获的野猪和蛇是土人的圣物，阿厄臾蛊把爨人当作妖孽，要将他们全都烧死在祖先树下。

第三幕（牺牲）：璞洌旖为救族民攀折祖先树，一道红焰将她吞没。璞洌旖成为高居圣殿之上的圣女，土人和爨人都顶礼膜拜。梓哿龙不忍放弃恋人，却被烈焰一次次驱离。璞洌旖高居圣坛之上，清除病患、降下甘霖，梓哿龙在痛苦中守候着璞洌旖。阿莓虽被冷落但仍一直保护着梓哿龙。月夜下，璞洌旖脱下神袍，清冷独舞，在梦境中给梓哿龙留下族符，叮嘱他娶阿莓为妻，保家族安宁；早日解开族符，为她解脱束缚。使命与愿望、牺牲与情感，让璞洌旖内心痛苦、凄怆，嗟叹命运的安排。梓哿龙与阿莓结婚。爨民和土人一起狩猎、播种、抗争，逐渐融合。梓哿龙与阿厄臾蛊奋战而死，在悲伤的音乐中，传来婴儿的啼哭。

第四幕（轮回）：璞洌旖因悲戚、挣扎与撕裂，掀起滔天洪水。梓哿龙（二代）向璞洌旖起誓：开挖沟渠、护佑族民、解读族符，生生世世，不会懈怠。誓言让璞洌旖露出了短暂微笑，阳光透过祖先树，印出族符的图样。阿蜜用舞蹈重现着族符的纹路，并牵着梓哿龙（二代），走上田地，融入族民之中。斗转星移，爨族已发展成为富庶之族，也引起外族窥觊。铜鼓阵阵，敌兵将至，但梓哿龙（三代）已厌倦了征战，忘却了前世的诺言。他只想卸掉责任，安宁度日。璞洌旖借老仆之口，倾诉哀怨、愤懑与挣扎：一次次等待你出生，期待你长大，看着你一次次与尘世女子走进婚房。你却忘记了我仍被束于圣坛之上。十世之后，再无法解除族符，思念与孤独会将我变成嗜血的厉鬼。梓哿龙（三代）绝望迎敌，战死沙场。

第五幕（辨符）：梓哿龙（四代）外出求学归来，终于认出了圣坛上孤独清冷的璞冽旖，解出了族符的深意，诠释出祖先的嘱托。阿璞冽旖终于褪去神袍，得以解脱。梓哿龙（四代）期待着她重回自己的怀抱，璞冽旖却只留下沾满数世清泪的衣袖，便升腾而去。梓哿龙（四代）用纸笔记录璞冽旖的故事，用如泣如诉的乐章送别璞冽旖。

尾声：今天，曲靖南城门上，"爨"字醒目而庄严。人们快乐嬉戏，在"爨"字前留影。嬉闹的人群中，出现了璞冽旖和梓哿龙的身影，他们穿着现代的服装，隔着城门相互遥望，俯瞰着他们用牺牲换来的安宁与幸福。

人物简介

璞冽旖：爨族老族长之女，为族人能够扎根与繁衍牺牲了自己。
阿璞冽旖：本名璞冽旖，是被责任和使命禁锢于祭坛之上的圣女，
　　　　　　月光下清冷的白衣女子
梓哿龙（一代）：爨族长，璞冽旖的恋人
梓哿龙（二代）：爨族长，璞冽旖的恋人，已失去前世记忆
梓哿龙（三代）：爨族长，璞冽旖的恋人，已失去前世记忆，且开始
　　　　　　　　　厌倦逃避
梓哿龙（四代）：爨族长，璞冽旖的恋人，破解族符，却仍与璞冽旖
　　　　　　　　　失之交臂
阿厄夬蛊：土人头人
阿莓：梓哿龙（一代）的妻子
阿蜜：梓哿龙（二代）的恋人
老仆：梓哿龙（三代）的仆人和璞冽旖的受命者
老族长：南迁途中的爨族长，璞冽旖的父亲
众爨民，众土人。

〔光暗，幕闭，大幕上投影出故事发生的时间、地点及背景〕

〔字幕：东晋咸康五年（公元339年），北方战乱频繁，富庶的爨族受到敌对家族的打压和侵害，为保住最后的骨血，不得不举族南迁。一路上跋山涉水，历经千难万险，不断有人倒在长得没有尽头的路上。〕

第一幕　南迁

〔幕起，灯亮〕

〔手执权杖的老族长带领爨民们走在荒凉的原野上，他们都衣着褴褛、步履艰难、饥渴难耐，依旧相互扶持，艰难跋涉。〕

〔一阵朔风紧，布景上斗转星移，出现一座雪山。爨民的队伍在风雪中艰难攀登。〕

〔不断有人倒下，成为雪中一尊尊白色的塑像，更多的人依旧跟随着老族长，不断向上攀登。〕

〔一个少年在跋涉中不慎坠入深渊。〕

爨　　民　少主，少主！

爨　　民　族长，少主坠下深渊了。

〔族长头也不回地拉紧身上的蓑衣，却在不经意间擦了下眼泪。〕

老 族 长　走，向前走。

〔路长得没有尽头，路上的风景在变化。〕

〔戈壁中，爨民在饥渴中拼命挣扎，艰难跋涉，步履蹒跚，身上的汉族服饰已经破败不堪，衣衫褴褛。〕

〔南迁的队伍不断地向前、向前，丛林渐渐代替了戈壁的荒凉，山间出现一条浑浊的小溪。〕

〔走在前面的爨民们兴奋起来。〕

爨民甲　有水，有水啦！

〔爨民们一哄而上，前去饮水解渴。璞洌旖冲上去阻拦。〕

璞洌旖　等等，这水色不对，不要贸然饮用。

爨民甲　女少主，我快渴死了，让我喝一口，就一口。

璞洌旖　叔叔、伯伯们，等等我爹爹吧，请他断过再喝。

爨民乙　女少主，别拦啦。自从开始南迁，这一路，冻死、渴死、饿死了多少人，就算死，我也想喝上一口水啊。

璞洌旖　眼看已经到了有山有水的地方，再不能冒险了。等一等吧！

爨民甲　女少主，好赖给一口水，一口也行。族长年迈，赶上来，怕要几个时辰，到那时，我们早渴死了。

璞洌旖　要喝可以，等我先试试。爨人受的苦够多了，再不能死人了。

〔璞洌旖跪在溪边，双手捧起溪水试饮。爨民们呆呆地看着她，急切地等着喝溪水。〕

〔璞洌旖一阵眩晕，挣扎着起身，随即摔倒在地。〕

〔爨民们急忙抱起璞洌旖。〕

璞洌旖　不，不能喝、此水有……有毒……

爨民乙　天啊，连口水都不能喝，这是天要灭爨族啊！

爨民甲　女少主，女少主，你醒醒，是我害了你。

〔梓舸龙扶着老族长上场，看到这情景飞奔而上，冲上前抱住璞洌旖。〕

梓舸龙　璞洌旖，你醒醒，梓舸龙来了，梓舸龙来救你了。

〔老族长跌跌撞撞上前，跌倒在女儿身边。〕

老族长　天啊，这是瘴蛊之毒！

爨民甲　都是因为我才……

爨民乙　族长，救救女少主吧……

〔老族长紧紧拉住璞洌旖的手，痛苦地挣扎良久才缓缓松

老族长	开，低头忍痛挥挥手。〕
老族长	放她走吧，她累了，璞洌旖累了啊！
众曩民	族长，您没有用药，也有没有施咒，女少主还有一线生机啊！

〔老族长站起身，背对众人。〕

老族长	梓哿龙，你带人去掩埋她吧，记得铺上最新鲜的茅草和鲜花……
梓哿龙	族长，您有绝世之神通，为何不肯出手相救？璞洌旖可是您的女儿啊！
老族长	少主已然坠下深渊，璞洌旖便是我唯一的骨血，我岂能不救？但，瘴蛊之毒……璞洌旖，你让老父如何是好啊？
梓哿龙	族长，救救她吧！
众曩民	救救女少主吧，救救她吧。

〔老族长猛地回头，跪倒在璞洌旖身边，再也难掩悲痛。〕

老族长	璞洌旖，我的女儿，我能解瘴蛊之毒，却难解你一生磨难啊。
梓哿龙	族长，您能解瘴蛊之毒，如何解？需采何种草药？

〔老族长摇头挣扎，随后死死揪住梓哿龙。〕

梓哿龙	族长？
老族长	梓哿龙，若我将家族和璞洌旖托付于你，你能善待他们否？
梓哿龙	族长，我能，可……

〔梓哿龙用力点头，又露出惊诧的表情。〕

〔老族长用手中的权杖抵住璞洌旖的额头，轻声祈祷。〕

老族长	祖上赐福，神灵保佑，我将列祖之神力，传于璞洌旖；我将平生之修为，赐予璞洌旖。愿你用余生万世，守护你的族人生生不息，纵然心血迸裂，纵然粉身碎骨。

〔随着老族长的轻声念诵，璞洌旖原本光洁无瑕的额头绽放出奇异的图案。璞洌旖缓缓醒来，老族长却变得虚弱而苍老，缓缓倒下。〕

〔璞浏旖挣出梓鄂龙的怀抱，抱住老族长。〕

璞 浏 旖　族长，族长……

〔老族长吃力地露出微笑，颤抖着抚摸着璞浏旖。〕

璞 浏 旖　族长，你起来，起来啊。

老 族 长　璞浏旖，今后家族就交给你了，无论多难……都要，善待他们……

璞 浏 旖　不，不，族长，我不要，我要你带领我们……

〔老族长摇摇头，用尽全部力气，将手中的权杖插入地下。〕

〔权杖缓缓长成葱绿的大树，林间瘴气散尽，翠竹摇曳、溪水潺潺。阳光穿过婆娑的树影，洒在疲惫不堪的爨民身上。〕

〔老族长骤然之间已是满头白发，他凝视大树，看看璞浏旖，露出笑容。〕

老 族 长　先祖保佑，瘴气已散尽，这就是族人苦苦寻觅的栖息之地啊。璞浏旖，此乃祖先之树，我将它赐给你，永远不要攀折，切记，切记！

〔璞浏旖用力点头。老族长微笑着颓然倒地，璞浏旖惊呼。〕

璞 浏 旖　族长，父亲啊！

〔灯灭〕

〔幕落〕

第二幕　落足

〔璞浏旖与梓鄂龙将老族长埋葬在大树之下，将家族的旗帜悬挂在祖先树之巅。璞浏旖带领族人在祖先树下轻声祈祷。〕

璞 浏 旖　祖先树下是老族长的埋骨之所，也是家族隆兴之地。愿祖先保佑爨民，再也不要承受欺凌与伤害，让我们的家族在这片土地上繁衍生息，兴盛壮大；让我们在这里生儿育女，看着孩子们在葱绿的竹林中奔跑嬉戏，长大成人。

众爨民　祖先保佑！

〔爨民们收拾着悲伤的情绪，开垦荒草，在祖先树下安顿家园。〕

〔在璞浏旖与梓弩龙的带领下，羸弱的爨民们一边拔除荒草，一边轻轻舞蹈，用世代相传的仪式祈祷，并在舞蹈中渐渐变得坚定勇敢，重新找回了对未来的希望。〕

〔梓弩龙带着男人们前去捕捉猎物，璞浏旖带着女人们燃起柴草，砍下竹筒，摘来树叶果实，精心烹制食物。（舞台上分区展示两个场景）〕

〔梓弩龙等人手无寸铁，只能用石块击打猎物，但一次次无功而返。〕

〔几个羸弱又衣衫褴褛的男人，终于困住了一头野猪，想将它制服，一条巨蟒却逶迤前行，伺机攻击全神贯注抓捕野猪的爨民。梓弩龙发现后，与蟒蛇厮杀。他勇猛的身姿，吸引了藏在树后的一个额头涂着绿色叶汁的美丽女孩阿莓。〕

〔梓弩龙险些被蟒蛇咬住，阿莓抛出一片树叶，扎中了蟒蛇的眼睛，梓弩龙得以将蟒蛇擒获。〕

〔梓弩龙等人抬着野猪和蟒蛇下，阿莓走出树丛。〕

阿　莓　丑东西，让你吃我阿爹！

〔阿莓凝视着梓弩龙等人远去的方向。〕

阿　莓　多么俊朗勇猛的男人啊！

〔阿莓羞涩地捧着脸下。〕

〔舞台灯光全亮。〕

〔一声呼啸撕裂了竹林的寂静，一群身着树叶、面部涂满绿色叶汁的人呼啸而出，将璞浏旖及爨民团团围住。〕

〔为首之人是首领阿厄奂盅，他周身覆盖着兽皮和羽毛，面部用血渍涂成暗红色，颈间缀满恐怖诡异的兽牙。〕

阿厄夑蛊　〔阿厄夑蛊看到爨民，愤怒地暴跳着。〕

阿厄夑蛊　怪不得近日族人连遭瘟疫，一个接一个哀号着死去，原来是尔等鬼怪作乱。

爨民甲　我们是鬼怪？你们才是妖孽。

阿厄夑蛊　这是我部族圣洁的土地，尔等既不净身，又不祈祷，就这样肆意践踏牧草，侵占土地，难怪会带来瘟疫。山民们，拿起你们的刀叉棍棒，将这帮鬼怪悉数打死。

〔璞洌旖闻声赶到，挺身上前，护住族人，恭敬地向阿厄夑蛊献上祖先树上的果实。〕

璞洌旖　首领，我们一路南迁而来，族人已疲惫不堪。老族长将祖先树栽种在这里，这里就是我们的家园。苍茫乌蒙山，绵延数千里，甚至容得下一千只猛虎、一万条苍龙。若首领肯给我族一个容身之处，璞洌旖将感激不尽。

〔阿厄夑蛊看看娇美的璞洌旖，又看看周边裸身绿面的族人，目光开始发呆。〕

阿厄夑蛊　你是天上降临的仙女吗？你是树上花朵的精灵吗？你是溪中浪花的神女吗？你是这竹林、这青草、这风、这气息的神灵吗？

〔璞洌旖一再摇头。〕

〔阿厄夑蛊一步步向璞洌旖靠近，绿面的族人们急忙上前阻拦。〕

〔阿厄夑蛊独舞，内心在艰难地挣扎和徘徊——一边是身为族长的责任，一边是他对璞洌旖的倾慕之情。〕

璞洌旖　首领，我既非仙女，也非神灵，只是一个多灾多难的爨族女人，再次恳求首领接纳我族居住在这片土地，我们将与您永结盟好。

阿厄夑蛊　这该是风铃子的声音，这该是烈焰芙蓉的容貌，这该是凤尾竹的身姿啊！这女人该是我才配得上的女人。

〔爱慕之情终于战胜了理智，阿厄夑蛊做出了取舍。他推开众人的拉扯，摆脱族人的阻拦，一步步走向璞洌旖。〕

〔璞洌旖急忙惊慌躲闪，爨族女人们急忙将她团团围住。〕

阿厄夌蛊　璞洌旖，你的族人在这里生活，你必须嫁给我，做我的女人。

璞 洌 旖　首领，感谢你的厚爱，但我已经有了恋人，不能嫁给你。

阿厄夌蛊　任何男人与我相比，都是虫豸、野草和山脚下无人认领的石头，你必须跟我走，我要带着你游走于山林沟壑，让每一个男人都羡慕我拥有如此美貌的女人。

〔阿厄夌蛊推搡着爨族女人们，想牵住璞洌旖的手。〕
〔阿厄夌蛊步步逼近，璞洌旖步步退让。〕

璞 洌 旖　乌蒙山长满了奇花异草，也养育了花朵般的女人。首领，山中的鸟儿都只有一个爱侣，璞洌旖此生也只守候梓弩龙。请收下我的礼物，离开吧，璞洌旖会终生感激族长的恩德。

阿厄夌蛊　不，不，不……

〔伤痕累累的梓弩龙和爨族男人们带着猎物匆匆上场，梓弩龙背着一只大野猪，两位爨族男性抬着一条大蟒。〕
〔阿厄夌蛊和山民们一拥而上，要抢走璞洌旖。梓弩龙见状立即上前，拦住阿厄夌蛊等人。〕
〔山民们看到梓弩龙等人带来的猎物都惊慌不已，阿厄夌蛊掩面不敢直视，不少山民径直匍匐在地，顶礼叩拜。〕
〔梓弩龙和爨民们面面相觑，惊愕不已。〕
〔阿厄夌蛊对着梓弩龙和两位抬蟒的男子单膝跪地，然后愤而站起，眼含泪水前去抢夺蟒蛇和野猪。梓弩龙和爨民们不肯放手。〕

阿厄夌蛊　你等怎敢触犯我族的圣物？
梓 弩 龙　圣物？我们何时触犯了圣物？
阿厄夌蛊　修蛇是部族的圣物，封豨是山林的尊主，铁证如山，你还敢抵赖？
梓 弩 龙　野猪、巨蟒不过是危害生灵之恶物，人人得而诛之，这不过是我等的食物，何时成了圣物？

阿厄夬蛊　你们竟然以圣物为食？

〔阿厄夬蛊大手一挥，山民们纷纷抄起棍棒。璞浏旖急忙上前，拦住一触即发的男人们。〕

璞　浏　旖　首领，我等初来贵地，不知贵方的尊崇，万望海涵。我们这就将圣物归还，请您切莫加害我的族人。

〔阿厄夬蛊看到璞浏旖，表情有了一丝舒缓，他挥挥手，众山民勉强收住兵刃。〕

〔山民们恭敬地上前迎接蟒蛇和野猪，但梓弢龙和族人纷纷反对。〕

梓　弢　龙　族人饥渴难耐，羸弱不堪，急需补充体力，怎能听信这厮的谎言，交出我们冒死擒获的猎物？

璞　浏　旖　没有猎物，还有煮熟的瓜果。遵从他们的习俗和睦相处，才能在这里生活下来。

〔梓弢龙虽然并不情愿，但还是勉强点头。〕

〔山民们恭敬地解开拴住蟒蛇和野猪的藤蔓。〕

〔蟒蛇和野猪逼视着爨民们，挑衅地刨着蹄子，扭着身体，欢快地正欲离开。〕

〔饥饿难耐的爨民们看着到手的猎物被人放走，一个老者绝望倒地。在老者的儿子带领下，众人一哄而上，又去抢夺猎物。〕

〔撕扯之间，蟒蛇被激怒，将一个男子死死缠住。为了解救族民，梓弢龙一刀将蟒蛇劈成两段。〕

〔阿厄夬蛊高举着半条断蛇，彻底被激怒了。阿厄夬蛊带领众山民一哄而上，抓住梓弢龙。〕

阿厄夬蛊　杀死圣物的魔鬼，我要把你剁成肉酱，祈求神灵的原谅。

〔阿厄夬蛊挥刀砍去，却被飞奔上场的阿莓挡开。〕

阿　　莓　阿哥，你让我自己选一个勇猛的男人，我就选这个。

阿厄夬蛊　丛林里的男人千千万，你为何要一个十恶不赦的魔鬼？

阿　　莓　巨蟒吞噬了阿爹和阿妈，却被你当成神灵。人人都害怕这丑陋的怪物，只有他不怕，这才是我喜欢的男人。

阿厄夬蛊	蠢女人，还不闭嘴。除了那个像百合花一样的女人，其他人都得死。我要将他们和那棵魔鬼树一起烧为灰烬。
	〔阿莓看着梓弯龙保护下的璞浏猗，露出嫉妒的神情。〕
阿　　莓	也许那个女人才是真正的魔鬼。看看她脸上诡异的纹饰，看看她纤细的腰肢，看看这可以蛊惑所有男人的眼神。
阿厄夬蛊	不，不，我不信这么美丽的女人会是魔鬼的化身。
阿　　莓	若没有美丽外表，蛇蝎怎能蛊惑人心？听听接连病死的族人痛苦的呻吟吧，看看清澈的丛林里涌起的瘴雾。
阿厄夬蛊	就算她能卷起漫山的瘴雾，能吞噬血肉和灵魂，我也能将她降服。
	〔阿厄夬蛊一步步逼近璞浏猗，祖先树上垂下无数枝条，将璞浏猗护在身下。〕
	〔突起的变故让山民们瑟瑟发抖，阿厄夬蛊也惊恐万状。〕
	〔爨族人有的尽力保护璞浏猗，有的也惊恐地移步离开。〕
阿　　莓	看到了吧，她能将大树变成鬼魅，还不是魔鬼？烧死她，烧死她……
众　山　民	烧死她，烧死她……
阿厄夬蛊	不，不可能……
	〔阿厄夬蛊走到祖先树前，试探着触摸璞浏猗。藤蔓如钢鞭一样摇摆着，将他打倒在地。〕
	〔阿莓带领众山民开始诡异而激烈的舞蹈，爨民们也似乎受到了蛊惑，慢慢加入舞蹈的队伍。〕
阿　　莓	烧死她，烧死她……
众　山　民	烧死她，烧死她……
众　爨　民	烧死她，烧死她……
	〔阿厄夬蛊万般无奈地转过头，狠狠一摆手。〕
阿厄夬蛊	烧死她，烧死他们……

第三幕 牺牲

第一场

〔梓哿龙和一些爨族人拼命保护璞洌旖和祖先树,但火把燃起来了,柴草堆起来了,山民们将爨族人驱赶到祖先树下,要全部烧死。〕

璞洌旖 我的族长,我的父亲,请赐给我智慧和力量吧,哪怕是粉身碎骨,我也要保护家族和子民。

〔璞洌旖攀扯着树枝,祖先树骤然变得火红,火焰般的光芒刺痛了人们的眼睛。璞洌旖在红焰中缓缓升腾,发出空灵的声音。〕

璞洌旖 山民们、爨民们,我并非魔鬼,而是你们的丛林之神。若你们肯化解仇怨,我会消除巨蟒掀起的瘴雾,除去病患身上的恶疾。

〔阿厄奀蛊、山民和爨民们俯身下拜,唯有梓哿龙发出痛苦的长啸。〕

梓哿龙 璞洌旖!

〔梓哿龙独舞,一次次扑向祖先树,但一次次被祖先树上的红焰驱离,璞洌旖身后出现一个火焰写就的大字"爨",这道火焰扑向梓哿龙,他在地上痛苦地挣扎。〕

〔急收光。〕

〔骤然间一片漆黑、一片死寂。〕

第二场

〔一阵蝉噪鸟鸣,一束光唤醒祖先树下的梓哿龙。梓哿龙痛苦地仰望着高高的祖先树上神圣的圣坛,仰望着圣坛

之上一身红色长袍安详美丽的璞洌旖。〕

〔山民和爨民穿梭往来，恭敬地祈祷、祭拜，献上精心准备的食物。梓哿龙却在痛苦地呻吟。〕

梓哿龙　瘴雾消散了，病痛治愈了，人人都敬你为神，我知道你只是我的恋人啊，璞洌旖。回来吧，璞洌旖，你曾许我此生长相厮守，你曾许我一起生育幼子，抚育儿孙，你还记得吗？

〔一阵风吹动祖先树，洒下满天雨雾。〕

〔纷纷躲雨的人们相互照应着，山民请爨民共用一片芭蕉叶，爨民邀山民共撑一把油纸伞。〕

梓哿龙　你在哭泣吗，璞洌旖？我闻到了你的气息，听到了你的声音。回来吧，圣坛虽美，又如何能抵得过爱人的怀抱？回来吧，璞洌旖。

〔阿莓手举芭蕉叶遮在梓哿龙头上，他却浑然不觉；阿莓为梓哿龙擦泪，却被他一把推开。〕

〔阿莓伤心不已掩面欲离去，又转而返回，坚定地将芭蕉叶遮在梓哿龙的头上。〕

〔太阳落下，星光乍现。依稀可见阿莓撑着芭蕉叶陪伴在梓哿龙身边的身影。〕

阿　　莓　小阿哥，星星出来了，你倦了吧，圣女娘娘也倦了，回去吧。

梓哿龙　不，她不是圣女娘娘，她只是我的爱人，我的璞洌旖。璞洌旖，你回来吧，你倦了吧，你冷了吧，你听到了吗？

〔梓哿龙埋头饮泣，阿莓伤心不已。〕

〔圣坛之上的璞洌旖轻舒长袖，阿莓和梓哿龙都缓缓倒下，沉沉睡去。〕

第三场

〔蟋蟀声唤醒了月亮和星星，清冷的月光下，圣坛之上的

〔璞浏旖翩然起舞，脱下绚丽的神袍，翩然落下，她仅是一袭白衣的清冷女子，在恋人的身边翩然起舞。〕

璞浏旖　梓哿龙，我的恋人，我还没有来得及与你告别啊，没有来得及再次触摸你的指间，感受你的体温。高居圣坛之上纵使千年，又怎抵得过你一个拥抱？

〔璞浏旖轻舒长袖拂过梓哿龙的面庞。〕

璞浏旖　梓哿龙，我的爱人，醒来吧，醒来吧！

〔梓哿龙缓缓醒来，惊喜地看着璞浏旖，试图拥抱她。璞浏旖急切地迈步上前，但两人似乎隔着时空，虽然满含爱意，却又触不可及。〕

〔梓哿龙惊诧地看着自己的手，又看看近在咫尺的璞浏旖。〕

〔璞浏旖掩面抽泣。〕

梓哿龙　璞浏旖，我知道你依旧眷恋着我们的承诺，我知道你会回到我身边。

璞浏旖　我的爱人。这只是你梦中的幻影。我可以呼唤风雨，带来甘霖，可以看到你的眼泪，却无法触及你的手臂，无法感受你的体温。

梓哿龙　不，我不信！

〔梓哿龙一次次伸手拥抱，一次次落空。〕

梓哿龙　不，不，不！

〔璞浏旖掩面啜泣。〕

〔梓哿龙愤怒地指着沉沉睡去的阿莓。〕

梓哿龙　我要杀光这些山鬼，我要斩尽满山的巨蟒和野猪，我要救你回来。

〔璞浏旖轻轻伸出手臂，与梓哿龙指尖相对。〕

璞浏旖　梓哿龙，束缚我在圣坛之上的并非山民，而是我额头的纹饰。祖先赐予我保护部族的责任，也赐给我无尽的孤独。唯有你可以解开咒语，帮我得以解脱。

梓哿龙　若能破除咒语，再次挽住你的手，我愿攀最高的山，趟最深的水，去指斥魔鬼，祈求神灵。

璞洌旖　破除咒语必须家族安宁，人丁兴旺。梓鹋龙，娶她，娶这个爱你的女子，让我们的家族安身立命，休养生息。

梓鹋龙　不，我怎能娶害你的仇敌？

〔朝阳渐渐闪现。〕

璞洌旖　梓鹋龙，当她是我，你的恋人、你的妻子、你的一切。

梓鹋龙　不！

〔璞洌旖再次拂袖，梓鹋龙肩颈出现一道纹饰。〕

璞洌旖　留下这个印记，请将它刻在心里。纵使此生不能相伴，来世我也能认出你的印记。

梓鹋龙　不，请你留下！

璞洌旖　梓鹋龙，帮帮我，帮帮你的族人。记得我，爱她

〔光暗。〕

〔又是一阵鸟鸣，晨光唤醒祖先树下沉睡的阿莓和梓鹋龙。〕

〔梓鹋龙急忙起身查看自己的肩臂，一道纹饰如此清晰。〕

〔梓鹋龙抚摸着纹饰，仰视祖先树上的璞洌旖。〕

梓鹋龙　璞洌旖，我会记得你，永生永世。

阿　莓　（怯怯地）小阿哥，我为你带了果子。

〔梓鹋龙转身欲走，又停下脚步，回身接过果子，对阿莓行礼后转身离开。〕

〔阿莓惊诧片刻，露出惊喜的表情，她快乐地跳跃起来。〕

第四场

〔画外音：喜乐与山歌〕

〔山民与爨民相携着次第走到祖先树下，一一摆放瓜果和食物。〕

〔一位爨民递上一袭白衣长裙，帮阿莓穿戴。阿莓披上长裙，变得婀娜温柔。〕

〔梓鹋龙在几位爨民牵引下，不情愿地上场，山民上前为

〔他穿上一件用树叶连缀成的礼服。梓弇龙一再拒绝，爨民指指祖先树，梓弇龙无奈穿上。〕

〔阿莓远远看到，立即一掀长裙，几欲上前迎接，被阿厄夒蛊一把拉住，摇头。阿莓吐吐舌头，恢复了温柔的模样。〕

〔梓弇龙被牵引着上前，不断地挣扎，无意中看了一眼阿莓，立即停下脚步，停止了挣扎。〕

梓 弇 龙　璞洌旖，我知道你会回来的！

〔阿莓欲言又止，阿厄夒蛊对着祖先树上的璞洌旖深施一礼。梓弇龙伸出手臂，牵住阿莓，四目相对。梓弇龙热情似火，阿莓羞涩低头。〕

〔在场的众人一片欢腾，山民们唱起山歌，跳起了奔放的舞蹈，爨民们也禁不住轻声附和。〕

〔山民们走上前邀请爨民，爨民们试探着走进舞蹈的队伍，刚开始小心翼翼，束手束脚，继而尽情舞蹈，开怀大笑。〕

〔山民和爨民们邀请梓弇龙和阿莓加入，阿莓纵情舞蹈，梓弇龙在人们的簇拥下，也露出了一丝笑容。〕

〔舞蹈1：在阿厄夒蛊等山民的带领下，人们开垦、狩猎。〕

〔舞蹈2：在梓弇龙等爨民带领下，人们播种、灌溉。〕

〔舞蹈3：梓弇龙扯下褴褛的汉族服饰，阿莓捡起布条，系在额头、腰上；梓弇龙等人赤裸着肩膀，阿莓和山民为他们戴上芭蕉叶帽子。〕

〔突然一阵雷声，随即电闪雷鸣，人们纷纷躲避。〕

〔光暗。〕

〔一阵虎啸之后，是人们惊慌的呐喊、阿厄夒蛊的咆哮声、梓弇龙的呐喊声。〕

〔画外音：（阿莓悲怆地呐喊）梓弇龙啊！阿哥啊！……〕

〔悲伤的音乐中，突然传来响亮的婴儿的啼哭。〕

第四幕　轮回

第一场

〔光起。〕

〔淅淅沥沥的雨声中，祖先树下，一如往日的安宁。祖先树上，璞洌旖依旧一身红色神袍，巍然伫立，娇艳的面庞却满含悲戚。〕

〔在众人的簇拥下，阿莓牵着一个额头面颊上印着家族印记的少年——梓弩龙（二代）在祖先树下祈祷、行礼、祭祀。〕

阿　　莓　　圣女阿璞洌旖，阴雨已经下了几个月，河流已经满了，水塘已经满了，田地已经被淹了，阿璞洌旖，请你笑一笑吧，让我们见一见太阳。

〔众人跳起祭祀的舞蹈，端出丰盛的食物，一一供奉。〕

〔雨还在下。〕

阿　　莓　　阿璞洌旖，我知道您委屈，我阿哥走了，梓弩龙也……我把梓弩龙还给您了，请保佑我的孩子，请保佑我们共同的民族吧。

梓弩龙（二代）　　阿妈，为什么把我还给圣女？

阿　　莓　　孩子，阿爹临行时将他的名字和神力赐给你，也将他的责任托付给你，无论何时都要记得，你要保护好族民，解读出家族印记的含义，告知天地，告知神女阿璞洌旖。

〔梓弩龙（二代）认真地点头。〕

阿　　莓　　阿璞洌旖，田里已经装不下那么多泪水了，成熟的庄稼都已经发霉了，求您笑一笑，救救我们的

	族民吧。
众　人	阿璞洌旖，求您笑一笑吧，救救我们吧。
	〔雨一直在下。〕
	〔梓哿龙（二代）对神树祈祷。〕
梓哿龙（二代）	阿璞洌旖，我会好好保护族民，求您笑一笑吧。
	〔雨一直在下。〕
梓哿龙（二代）	阿璞洌旖，我以阿爹的名字起誓：我会修缮田坝，开挖沟渠；我会研读祖先的纹饰，生生世世，不会懈怠。
	〔梓哿龙（二代）虔诚行礼，圣坛之上的璞洌旖露出微笑。雨渐渐停了，一束光透过祖先树，在地上绘制出部族的花纹。〕
	〔梓哿龙（二代）匍匐在地，仔细地端详，族民们纷纷跪拜、舞蹈。〕
阿　莓	阿璞洌旖笑了，太阳出来了！
	〔梓哿龙（二代）用树枝描画着地上的纹饰，却百思不得其解。〕
梓哿龙（二代）	这些纹饰，让我想起了那个一袭白衣的清冷女子和那双幽怨的眼睛，仿佛夜夜都会在梦中相见，却又不知她身在何方。
梓哿龙（二代）	阿妈，带我去找她吧，只有她才能教给我破解的秘密。
阿　莓	梓哿龙，那纹饰岂能轻易破解？你答应过阿璞洌旖修缮田坝，那就先到田里去，也许答案就藏在田垄沟渠里。
	〔梓哿龙（二代）依旧在思索，阿莓高举双臂带众人祈福。〕
阿　莓	阿璞洌旖赐我们阳光，我们就要报之以勤奋。扎起你的头发，束起你的衣衫，挖田垄喽！

众 人	呦！呦！

〔舞台分区展现：〕

〔舞台后区：众人走向舞台后区的田地，跳起劳动的舞蹈。〕

〔舞台前区：梓朁龙（二代）还在对着地上的纹饰出神。〕

〔舞台后区：一个女孩阿蜜被阿莓和众人推出队伍，羞涩地走向舞台前区的梓朁龙（二代）。〕

〔地上的纹饰渐渐变淡，即将消失，梓朁龙（二代）跪伏在地上，寻找原来的印记。〕

〔阿蜜轻盈地舞蹈，用肢体重现着那些神秘的花纹。梓朁龙（二代）的目光落在阿蜜身上，与她一起起舞，并在她的引导下，缓步在追光中走向舞台后区，走上田地，融入族民之中。〕

第二场

〔舞台前区光渐起。〕

〔祖先树前，已有一个木制的宫殿。〕

〔束发长袍的侍从们跑来跑去，一个长老模样的人焦灼地踱着步。〕

〔画外音：[梓朁龙（三代）]再去打水，我要洗脸，我还要洗脸。〕

〔一侍从慌忙端盆跑出，险些撞到长老身上，急忙躬身道歉。〕

长 老	又要打水。
侍 从	是啊，长老。
长 老	自蛮人带来那面镜子，这数日都是如此？
侍 从	是啊，长老。

长 老	这可怎么得了？天啊，灾祸顷刻就会降临，我部族即将面临灭顶之灾。
侍 从	长老，咱这里风调雨顺，诸事太平，哪里会有什么灾祸？
长 老	你岂能懂得。我部族南迁已两百余个春秋，能够定居于此，成为如此繁荣的部族，全都要仰仗祖先树和阿璞浏旖的护佑。如今他却要洗掉尊贵的纹饰！

〔侍从附耳，被长老推开。侍从放下水盆，又贴了上去。〕

长 老	要说就说，何必偷偷摸摸？
侍 从	这事我得小声说。长老可曾想过，首领想洗去的不是纹饰啊！
长 老	不是纹饰？那他要洗去什么？
侍 从	我服侍首领已有二十多年，从蹒跚学步起，老首领就逼着他对着这些纹饰一坐就是四五个时辰。
长 老	解开纹饰，破解咒语，是每一任梓笴龙的使命，这有何不对？
侍 从	唉，你们想的都是家国大事，却没想过小娃娃的心事。
长 老	（怒）小娃娃？
侍 从	掌嘴，掌嘴。老奴口误。可他就算是首领，也是从小娃娃长大的不是？小娃娃啊就会没耐心，对着纹饰一看就是二十几年，他就会烦闷。
长 老	（若有所思）你是说他烦闷了？可他怎能烦闷？谁让他是带着祖先纹饰和使命出生的梓笴龙。
侍 从	话是这么说，可你想想啊，就算山羊肉再鲜嫩，天天给你吃上一大锅，是不是也腻得慌啦？老首领在时，他不敢说个"不"字。这不，他当上首领了，你就不能让他闹腾闹腾？

长　　老	闹腾？周边的部族早就对祖先树下这片净土虎视眈眈，已然在互相勾结，互通姻亲，若非忌惮阿璞洌旖的护佑和梓弩龙的武功，怕早就"呼啦啦"杀将过来。如今他……唉！若任由他这样胡闹下去，就算没有洪患旱魃，我族也会被吞噬殆尽的。
侍　　从	知道，知道。
长　　老	（怒）知道还在这里啰里啰唆？
侍　　从	我是说，让他闹腾闹腾。闹腾完了，他就累了；累了，他就睡了；睡了，他就醒了；醒了，他就明白了；明白了，他就该干啥干啥去了。
长　　老	什么累了、睡了、醒了、明白了？我这里心急如焚，你还扯来扯去，我……打死你这个老糊涂……

〔长老举手要打，侍从捂脸准备挨揍。〕

〔画外音：砸杯子的声音。〕

〔画外音：[梓弩龙（三代）的吼声]打水来，打水来……我要洗脸……〕

〔正在捂脸准备挨揍的侍从急忙抽身，躬身端起水盆，笑嘻嘻地下。〕

长　　老	（自语）累了就睡了，睡了就醒了！唉，梓弩龙啊，你快点醒醒吧。

〔舞台前区收光。〕

〔舞台后区灯光起。〕

〔星光璀璨。梓弩龙（三代）坐在桌案边暗自神伤。〕

梓弩龙（三代）	自从得到这面铜镜，我才看清这些纹饰。阿璞洌旖，我只想做一个平凡的男人，守着部族，伴着心爱的女人，平凡过这一生。你为什么会选中我，给我这样的容貌，背负这样重担。阿璞洌旖，我累了，我乏了，我倦了啊！

〔梓弩龙（三代）伏案沉沉睡去。一束追光下，

135

〔一袭白衣的阿璞浏旖飘然而至。〕

阿璞浏旖　　　梓旮龙，你累了？乏了？倦了？百余年沧桑变幻，一次次尘世轮回，你忘记我了？你忘记高居于祖先树上的，不过是一个清冷女子，只能在星光下，兀自伤感、独自徘徊？

阿璞浏旖　　　梓旮龙，我是你前世的恋人啊。一次次轮回中，等待你出生，期待你长大，看着你一次次拥着那些尘世的女子走进婚房。我记得你的印记、你的姿容，你却忘记了我依旧被符咒系于圣坛之上。梓旮龙，醒来吧，神灵只许我十世时光，如果你不能解开符咒，愤懑与孤独会将我变成嗜血的厉鬼，再不能护佑族民，还会置你于死地。梓旮龙，醒来吧，拯救我，拯救你自己。

〔追光熄灭。阿璞浏旖隐去。梓旮龙（三代）高声惊呼着醒来。〕

梓旮龙（三代）　阿璞浏旖，你在哪里？

〔侍从急忙赶来，但犹豫着没有上前。〕

〔梓旮龙（三代）四处寻找，最后跪倒在祖先树下。〕

梓旮龙（三代）　阿璞浏旖，我何尝不想解开符咒，振兴部族，但纹饰纷杂晦涩，部族前行艰难，我该怎么做啊，阿璞浏旖，请您教教我。

侍　　从　　　（浑身一抖，发出女声）毁掉铜镜，你就能明白。只要你能醒过来，振作起来。

梓旮龙（三代）　谁在说话？

侍　从（女声）　是我。

梓旮龙（三代）　（对侍从）你说什么？

侍　从（男声）　我就在这儿站着，没说话啊

梓旮龙（三代）　（对祖先树）阿璞浏旖，求您教我。

侍　从（女声）　毁掉铜镜，振作起来。

〔梓弮龙（三代）冲到侍从身边，侍从吓得一抖。〕

侍　　从（男声）　你想干啥？

梓弮龙（三代）　毁掉铜镜，振作起来。不，我从不曾如此清晰地看到过自己。

侍　　从（女声）　你又何曾从铜镜中看到过自己的内心。

〔梓弮龙（三代）冲到铜镜前，一道光从铜镜中射出，照亮了他的面庞。〕

梓弮龙（三代）　不，耕田、征战，奔波半生，我从未有过如此刻一般的安宁。

侍　　从（女声）　梓弮龙，拯救我，拯救你自己。拯救我，拯救你自己……

梓弮龙（三代）　不，为什么我会带着族符？为什么我一定是梓弮龙？

〔梓弮龙（三代）挣扎着从书案下抽出一把板斧，将铜镜一劈两半。〕

梓弮龙（三代）　（跪地）我何曾选择过这样的命运？我何曾享受过尘世的安宁？

〔梓弮龙（三代）拿出图谱，铺在案上，垂头研读。长老匆忙上。〕

长　老　首领，格灵部纠合舛竹部调动兵马已将我部包围，这可如何是好？

梓弮龙（三代）　这帮乌合之众怎敢冒犯我手中的长矛？

长　老　首领，你已经数月未曾……

〔看着梓弮龙（三代）濒临崩溃的表情，长老将满腔的愤懑憋了回去。〕

梓弮龙（三代）　你未曾说出，我却全然知道。既然是我惹的祸端，就由我承担。我会荡尽贼患。

〔梓弮龙（三代）拿起图谱递给长老，拿起板斧呼啸而出。〕

侍　从　（高兴地）我就说嘛，醒了，也就明白了。

长　老　醒了，就一定明白了吗？等一等，要小心。

〔长老和侍从追逐下。〕
〔一阵厮杀与兵戈击打之声。〕
〔一道霹雳闪过，雷声滚滚。〕
〔圣坛上的阿璞洌旖一声凄厉的呼唤：梓弩龙。〕
〔收光。〕

第五幕　辨符

〔光起。〕
〔一个背着书囊的侍从上。侍从擦着汗水，仰望祖先树上的阿璞洌旖。〕

侍　　从	阿璞洌旖，我们回来了。
侍　　从	（高呼）族长回来啦！

〔众人上，祖先树下喧嚣异常。〕
〔一袭白袍的梓弩龙（四代）款步上场，他已是留有长髯的中年人。他与背着书囊的侍从上。〕
〔一个老人迎上去，躬身施礼。〕

老　　人	族长，一走就是十年，你终于回来了。
梓弩龙（四代）	十年啊，十年啦，我无论身处何地，夜夜梦回，都在思念祖先树，思念这圣坛上孤独的清冷女子。

〔淅淅沥沥的雨落下，人们都举头仰望。〕

老　　人	族长回来了，阿璞洌旖都落泪了。

〔梓弩龙（四代）对着祖先树躬身下拜。〕

梓弩龙（四代）	阿璞洌旖，我回来了。祖先保护了我们的族民，我带回了笔墨纸砚和书籍。族人啊，让我们一起来解读祖先的印记，告知天地，告慰圣女吧！

〔众人应和。〕
〔梓弩龙（四代）从怀中掏出一支毛笔，两个侍

〔从撑开一张无形的布卷，他开始写字。〕
〔梓哿龙（四代）舞蹈（现代舞）。众人起舞。〕
〔背景屏幕上浮现出一个巨大的"爨"字，众人惊诧。〕
〔梓哿龙（四代）手握毛笔仔细端详，老人伛偻着身子也努力端详。〕

老　　人	族长，这就是我们的纹饰啊。
梓哿龙（四代）	这不仅是我们的纹饰，也是祖先和圣女的嘱托啊！

〔一阵风吹过，祖先树一阵摇摆。〕
〔圣坛上的阿璞浏旖缓缓抬起长袖，掩面悲泣。〕

梓哿龙（四代）	"及冬，则以火爨鼎水，而沸之而沃之。"我们的家族叫作"爨"啊！爨字以火为底，以木为心，以鼎为首，此乃"烧火做饭"之意。

〔众人发出不解的声音。〕

老　　人	"烧火做饭"为何成为家族的纹饰，为何成为祖先叮嘱？
梓哿龙（四代）	这正是我历经十年才得以悟透的道理啊！
梓哿龙（四代）	我部族原来植根于中原腹地，因避祸举族南迁，一路风霜雪雨，一路艰辛相伴。多亏阿璞浏旖的护佑，我们才根植于此，繁衍生息。
梓哿龙（四代）	祖先将家族的神力赋予了阿璞浏旖，也用符咒将她困在祖先树上。阿璞浏旖，不，璞浏旖，我记起你了，你正是我前世的恋人啊！璞浏旖只是在月光下独自徘徊的清冷女子，数百年时光，在孤寂和责任之中挣扎、悲伤、嗟叹。我要解开祖先的印记，我要释放你，我的恋人。

〔圣坛之上，阿璞浏旖轻舞长袖，款款起舞。〕

梓哿龙（四代）	烧火做饭只是"爨"字的本意，祖先叮嘱我们的是：无论多苦多难，都要活下去，好好活着。繁衍生息，绵延不绝。

〔追光。起金色光。圣坛之上的阿璞洌旖被金色的光晕照亮。〕

璞洌旖　　梓驽龙，无数次轮回，无数次日月更迭，你依旧记得昔日的承诺。你解开了符咒，也解除了我无尽的孤独。

〔璞洌旖在舞蹈中褪下红色的神袍，露出一袭白衫白裙。梓驽龙（四代）伸出手臂。〕

梓驽龙（四代）　　回来吧，璞洌旖，我想再次听到你的声音，感受你的呼吸。

璞洌旖　　梓驽龙，你的使命还未完结，教族人习字、著书，记下祖先的足迹。我会等你，等你。

〔梓驽龙（四代）拉住璞洌旖的衣袖，璞洌旖却飘然舞蹈着走向舞台深处，消失在屏幕上炫目的光彩之中。〕

〔梓驽龙（四代）仅能留下沾满数世清泪的衣袖。〕

梓驽龙（四代）　　璞洌旖……

〔梓驽龙（四代）独舞（现代舞），用纸笔记录璞洌旖的故事，用如泣如诉的乐章送别璞洌旖。〕

尾　声

〔今天，曲靖南城门上，一个"爨"字醒目而庄严。〕

〔人们快乐嬉戏，在"爨"字前留影。〕

〔嬉闹的人群中出现了璞洌旖和梓驽龙的身影，他们穿着现代的服装，隔着城门相互遥望，俯瞰着他们用牺牲换来的安宁与幸福。〕

〔字幕及画外音：纵使千世轮回，依旧触不可及。这对恋人成就了一个强盛的民族。爨氏子民渐渐改回

爨姓，逐渐成为南中最有势力的家族，统领和团结西南诸族和部落，造就了延续近 400 多年的辉煌文明。〕

〔光暗〕

〔幕落〕

（剧终）

舞剧《爨之魂》

创作立意

本剧创作灵感来源于以国家重点保护文物"爨宝子碑"和"爨龙颜碑"为代表的爨文化。围绕爨民族历史,将爨体书法的神韵融入舞蹈动作和剧情发展之中。充分挖掘唐天宝七年,爨氏统治时期的辉煌文明,展示曲靖丰厚的历史底蕴、独特的地域文化特征和爨民族宝贵的精神遗产。

故事梗概

乌蛮公主阿姹被族长爨归王强娶回石城,却依旧眷恋着被放逐的恋人爨崇道。然而,一见钟情的冲动逐渐被日积月累的爱恋代替,阿姹逐渐明白了爨归王对自己的深情和对和平的渴望,对孔武有力又悲悯仁慈的族长产生感情。

爨崇道返回求和,得到了爨归王的谅解,却趁机杀死爨归王。阿姹在悲痛中生下幼子,爨崇道又想杀死这个继承人,取而代之。阿姹终于看清了爨崇道的野心,亲手杀死爨崇道。爨归王葬礼上,一身素服的阿姹怀抱幼子登上王位。

故事大纲

唐朝玄宗年间,云南境内大小部族众多,为争夺"云南王"的头衔相互争斗不断,狼烟遍布,白骨遗野、满目疮痍。

乌蛮公主阿姹率兵抗击侵略，寡不敌众，受伤被俘。爨归王侄子爨崇道出手相救，两人一见钟情。

爨归王为平息战火，决定由爨氏贵族与包括乌蛮在内的各部族和亲。乌蛮王为了部族的发展，急于攀附爨归王，将阿姹献给爨归王。然而，迎亲时刻，阿姹却不肯就范。爨崇道以夺妻为由挑衅爨归王。爨归王一怒之下，将爨崇道逐出石城，强行将阿姹娶回石城。

阿姹虽锦衣玉食，却心系爨崇道，只求一死。为触怒爨归王，阿姹终日在宫中舞剑、写声讨檄文，臣下都对此颇有微词，爨归王却因此发现了阿姹的武功、韬略与智谋，非但没有责罚她，反而更加珍视。为了让阿姹了解自己，爨归王让阿姹一起接受部族觐见、参加各种部族活动，并逐渐让阿姹参与理政。阿姹逐渐了解了爨归王和亲的真实意图和对部族团结的渴望，也渐渐对这个孔武有力又悲悯仁慈的族长产生了感情。

从爨氏公子变为朝不保夕的流民，巨大的心理落差和夺妻之恨让爨崇道陷入了扭曲和仇恨，他开始纠集各部族对抗爨归王。

两年后，爨崇道率小仆返回王宫，追忆在爨归王身边的快乐时光，忏悔年少莽撞，不该以下犯上，爨归王原谅了侄子。时隔数年，爨崇道与阿姹再次相见，两人都五味杂陈。爨崇道希望与阿姹重燃旧情，也想借此机会登上云南王的宝座。身怀六甲的阿姹却告诉爨崇道，覆水难收，自己已经爱上了爨归王，他们之间再无可能。爨崇道悲愤难耐，掩面离去。

阿姹在怜惜、内疚与责任之中挣扎，既不忍，又不安。她追出去想安慰爨崇道，却发现他与小仆密谋，感觉他们返回石城似乎并非求和，而是另有阴谋。阿姹急忙赶去寻找爨归王，发现爨归王已倒在血泊之中，甚至来不及给阿姹最后的叮嘱。阿姹在悲恸之中产下幼子。

爨归王已死，爨崇道以为自己作为爨氏的唯一子嗣，是云南王的合法继承人。历经数年蛰伏，终于得到了自己渴望的地位，爨崇道禁不住喜极而泣，邀约各部族头领在宫殿中欢庆，接受人们的祝贺。此时突然传来讯息，爨归王的遗腹子刚刚降生，孩子的母亲正是爨崇道曾经的恋人阿姹。只要这个孩子存活在世，爨崇道就永远做不了"云南王"。一边是权力，一边是爱情，爨崇道不得不哀叹命运的戏弄与不公。

阿妼依旧沉浸在初为人母的欣喜和丧夫的哀痛之中。爨崇道为了除掉权位的阻碍，派人将阿妼和婴儿一起烧死。

权位已得，爨崇道却生活在惊恐和孤独中，唯有借酒消愁。恍惚中似乎见到阿妼重新回到自己的怀抱。一阵号角声惊醒爨崇道，一身战袍的阿妼率乌蛮军队杀进石城，亲手杀死了爨崇道。

一片血腥中，一身素服的阿妼，怀抱幼子登上王位。

人物简介

阿　　妼：十五六岁，乌蛮公主，爨归王妃。
爨归王：三十多岁，云南王，阿妼丈夫。
爨崇道：十七八岁，爨归王侄子，阿妼恋人。
乌蛮王：四十多岁，乌蛮部首领，阿妼之父。
侍　　女：六人，阿妼的随嫁侍女。
小　　仆：爨崇道的随从，刺客。
各部头领：六七人，爨崇道同党。

序幕　山·月

〔滇南，乌蛮部祭台。唐朝玄宗年间，正月十五。〕

圆月出山，如水的月色打破了乌蒙山脉的宁静。

鸟鸣、风吟、树影，随着清风、乘着月色、伴着流水，渗入乌蒙山脉。万籁俱寂的时候，连一声鸟鸣都能传递得很远、很远……

正值乌蛮部正月十五的拜月庆典，铜鼓一声，乌蛮山寨沸腾了。

〔聚光，身着祭服的阿妼立于高台之上，仿若从月中走出的神女。鼓点声急，她的身影随着祭乐舞动，如灵动的风、轻盈的竹、清澈的月光……〕

高台之下，乌蛮部族的人们与阿妼一同起舞。

世世代代居于深山的乌蒙族民，望月而舞，以朝拜的姿态表达对月亮的崇拜，期许平安吉祥。

高台的一侧，阿妮的父兄并立，看着月色下无忧无虑起舞的阿妮，露出欣慰的神色，并在族民的邀请下加入这场祭月的群舞。

起舞中的阿妮看着欢庆的族民展颜一笑，在族民中掀一阵沸腾。

〔一阵喊杀声响起，顿时火光冲天，摇摆的火光将高台上的阿妮变成了颤抖的剪影。

部族之间的冲突陡然爆发，毫无防备的族民惊慌失措。厮杀的喊声、妇孺的悲泣回响在乌蒙部的山寨。

月色被乌云遮蔽，乌蛮王与少主率勇士抵御入侵的部落，掩护妇孺撤退。

厮杀中，双方不断有人倒下，阿妮的父兄战斗在交锋的第一线，守护着部族。

漆黑的长夜降临。

第一场　恋·别

〔滇南，乌蒙山下。约在唐朝玄宗年间，春。〕

硝烟尚未散尽，厮杀之声刚刚停歇。

经历一夜鏖战的人们，衣衫褴褛，饥渴难耐，在战火硝烟中战栗、呻吟……

葱绿的田野已被战火染成黑色。目之所及，白骨遗野、满目荒芜，到处是战乱、饥馑的凄凉场景。

村民与战士尸骨遍野。身着各部族服装的勇士们紧握刀叉剑戟，至死仍扭杀在一起。

战死的乌蛮部少主挺立在战场上：他满身伤口、血污，依旧手扶长矛，昂然屹立，目光凌厉地逼视着前方，逼视着被他杀死的敌人。

初升的朝阳如一双温柔的红掌，缓缓拂过血腥的战场，却无法抚平人们流血的伤口、痛苦的呻吟

〔聚光，乌蛮公主阿妼（十五六岁）带几个伤痕累累的散兵上。〕

阿妼悲怆地在尸横遍野的战场上四处寻找，看到喋血的乌蛮勇士与敌人扭打而死，一个个扭曲的身影让阿妼哀伤欲绝。当她看到倚立不倒的兄长时，更是悲恸不已，难以置信。她扑过去摇晃着兄长，兄长如大山一样轰然倒地，在他的身后，露出伤重昏迷的乌蛮王——阿妼的父亲。阿妼摇撼着父亲，悲泣不已……

一队敌兵到来，将阿妼等人团团围住。阿妼和勇士们为了保护乌蛮王，拼死抵抗，但寡不敌众，眼看就要被敌兵擒获。

爨崇道带爨兵呼啸而至，赶跑了敌兵，救下阿妼和乌蛮王。

在战火硝烟、尸横遍野的死亡之海中，英俊勇猛的爨崇道如同天降神兵，美丽刚烈的阿妼如同洁净的花朵，目光相遇的一瞬间，两人一见钟情。

两个率真的年轻人，不顾周边的尸山血海，没有扭捏与羞怯，大胆地表达爱意，互诉衷肠，仿佛是命中注定，仿佛是心灵相通，举手投足、一颦一笑都心有灵犀。仅仅是一瞬间，他们就已认定，对方就是值得终身守候的人。伏尸遍野的战场上，爨崇道以手中的匕首与阿妼定情。

一阵号角响起，爨氏大军赶来，爨崇道急忙拱手退让。爨氏大臣宣布爨归王决定：为平息战火，爨氏贵族愿与乌蛮等各部族和亲，从此各部族结为一家，永不再战。

重伤的乌蛮王缓缓站起，为了部族的生存，他愿意与爨氏和亲，决定将阿妼献给爨归王。

大臣指挥众爨兵接阿妼回石城，心有所属的阿妼不肯就范，众爨兵举起刀枪。

乌蛮王不惜对女儿大礼相求，请她看看战死的阿哥、喋血的勇士。爱情和责任让阿妼陷入挣扎，她多希望自己并非乌蛮公主，而是一个普普通通的女子，可以抛却一切，追随心上人远走天涯。

爨归王远远观望良久，对美丽刚烈的阿妼十分钟情。他屏退左右，抱起阿妼正欲离去，爨崇道挥刀拦住去路。

爨崇道指责爨归王无能，使部族陷于战火，却满怀淫邪之心，想要强娶阿妼，不配做"云南王"。

爨崇道以下犯上、横刀夺爱，令爨归王非常愤怒，命左右将爨崇道逐出石城，强行迎娶阿姹。

第二场　喜·宴

〔唐朝玄宗年间，夏。〕

〔云南王妃寝宫。〕

〔幕启：舞台正中是一个花团锦簇的宫殿。床榻一侧是整排的刀枪剑戟，另一侧是一个桌案，摆放着书籍、笔墨纸砚和芦笙、三弦、月琴、笛子等各部族的乐器。〕

〔跳菜舞〕

人群往来如织，欢天喜地地布置婚房，运送着婚礼上要用的菜品、水果、鲜花。

和亲带来和平，人们都满心欢喜，欢快地跳着送菜舞。

阿姹和两名随嫁侍女依旧一身满是血污的戎装，与周边喜庆的气氛格格不入。仆人送来婚服，阿姹断然拒绝。她如同笼中的小鸟，愤怒、无奈又哀伤。

〔刀舞〕

爨归王带众臣下及部族头人前来举行婚礼，阿姹依旧冷若冰霜、凛然相对。爨归王亲手送上婚服，阿姹愤然丢弃，横眉冷对，稍稍进逼则拔刀寻死。下臣和头人都摇头叹息、窃窃私语。

爨归王对刚烈的阿姹无可奈何，又心生敬意。他喝退众人，换回带血的戎装，与阿姹行结婚大礼。但阿姹宁愿一死，也不愿嫁给不喜欢的男人，她带着两名乌蛮侍女挥舞着兵器，跳起了刀舞。

在锣鼓的伴奏下，她们愤然挥戈，将刀剑击打得火星四溅，表达对爨归王的痛恨。

猴刀舞者跌宕腾挪，敏捷如猿；

单棍舞者棍如流星，迅猛如虎；

阿姹舞刀刀如闪电，刚烈如火；

双棍舞者、长矛舞者,更迭进退,怒火冲天……

〔归王鼓舞〕

爨归王非但没有愤怒,反而赏识地微笑,脱去战袍,裸露肌肉,走向一侧的乐器架,拿起一面铜鼓。爨归王意气风发,英姿飒爽,一边为阿姹和众舞者伴奏,一边以鼓言志,畅述自己的雄才大略。

〔檄文舞〕

刀舞未能激怒爨归王,阿姹非常失落,走到桌案前拿起一张长绢,开始书写檄文。

侍女撑起长绢,阿姹临空书写。阿姹等人以长绢为带,边舞边写。

〔台中悬幕上,显示出阿姹的檄文:乌蒙巍巍,百族共仰;诸部混战,兵戈靡盬;尔贪尔暴,趁火劫掠;狼烟遍布,白骨遗野;百族同殇,不思其反;和亲乞降,岂王之道?岂曰无人,唯求一死。〕

阿姹对爨归王如此不敬,部将们连连摇头,颇有微词,一个大将甚至横戈握剑顿起杀机。

爨归王却接过檄文,仔细研读,连连点头,拿起笔墨,边舞边写,补充檄文的内容。

〔大屏上显示出爨归王的文字:郁水汤汤,百族同饮;一隅偏居,不见天广;唐道既出,福泽百代;岂曰不敬,绵延为上;诸部内伐,族人苦之;我心伤悲,但求战息;牧守百族,不遑启处;幸得天眷,遇此佳偶;怜之眷之,不忍稍离……〕

〔醉中舞〕

爨归王写毕,递上婚服,阿姹怒不可遏地逼视爨归王,一把扯断衣袖,将金簪玉珥弃之于地。

爨归王并不气恼,亲手递上酒碗,与阿姹喝同心酒。愤怒的阿姹索性抢过酒碗,独自将酒一饮而尽,借酒消愁……

阿姹不胜酒力,朦胧间,爨归王变成了那个飞驰而来的英俊少年——爨崇道,阿姹换上婚服,急切地投入爨崇道的怀抱。两人犹如自由的小鸟,恍惚间似乎已摆脱了纷乱的战场、冷酷的王宫,漫步在绿野、山林。他们快乐地穿梭在自由的田野、自由的风中……阿姹紧紧抓住失而复得的爱情,贪恋着片刻的温情,难以自持,生怕一松手就会再次失去恋人。

一阵恍惚间，号角声响起，阿姹睁开眼睛，不禁悲从中来，怀抱她的竟然是让她痛恨的爨归王，朝思暮想的恋人爨崇道的身影则消失不见。

　　阿姹奋力推开爨归王，陷入羞涩、悲伤与悔恨之中。爨归王在刀舞和檄文舞中发现了阿姹的武功、韬略与智谋，非但不因她的任性与不敬而愤怒，反而对她更加珍视。阿姹一次次逃离，爨归王却不肯放手，牵着她走进大殿，接受群臣的祝福和觐见。

第三场　初·解

〔喜宴次日。云南王殿堂。〕
〔幕启：天幕投影为云南王殿堂。〕
〔雄浑的号角声中，两道幕布依次拉起。〕
〔宫殿陈设简朴，没有丝毫奢华的装饰，只有悬挂在宫殿内的牛头、兽首透露着爨归王的勇猛。〕
〔号角鼓乐声响起。〕
〔觐见〕
各部族头人与云南王下臣同上，彼此寒暄后向殿上行礼。
众人对受伤的乌蛮王十分恭敬，纷纷向乌蛮王表达祝贺。
〔献奇珍〕
各部落头人在各部族图腾的引领下，向爨归王献奇珍异宝。
阿姹对各部的奇珍异宝都不屑一顾，然而见到乌蛮王送上乌蛮少主镶嵌着宝石的长矛，阿姹禁不住飞奔而下。
乌蛮王高举长矛，追忆部族的艰难与儿子的英勇。阿姹随号角声起舞，接过长矛，拥入怀中，也接下了为部族牺牲的责任。
〔确比〕
爨归王携权杖与阿姹共舞，众部族头人也敛容鱼贯加入。头人们环绕着爨归王和阿姹跳《确比》，追思喋血的勇士。
〔权杖舞〕
〔云雾突起，舞台压光，平台后落画幕。投光，映出这样的画面：各

部图腾分散着布满上空。一柄权杖临空而下。画面一现立刻隐去。爨归王与众鬼主依次表演以下舞段。〕

1. 众鬼主举各部图腾旗舞蹈，各自比拼，展示自己的勇猛；
2. 为了追逐权杖，一时间雨雾弥漫、电闪雷鸣、虎豹咆哮、豺狼横行，不断有图腾旗折断，大旗下是死伤的勇士；
3. 爨归王与众头人将各族图腾旗聚合在权杖下，高高擎起，成为一柄巨伞，云消雾散，艳阳重现。爨归王表达了唯有团结一心，才能共创和平安宁的心愿。

舞蹈戛然终止，爨归王走回王座，诸头人颔首顶礼。

〔初相识〕

一直愁苦愤懑的阿姹，逐渐了解了爨归王和亲的真实意图和对部族团结的渴望。经历了太多的血雨腥风，阿姹懂得这份承诺的意义，她慢慢走向爨归王，理解了这个孔武有力又悲悯仁慈的族长的一片苦心。

爨归王走下王座，牵起阿姹的手，脉脉含情。阿姹羞涩地躲闪着，眼中已经有了一丝温情。

〔站鼓舞〕

侍女们抬上数个大鼓，阿姹纵身跃上，以足击鼓，鼓声嘭嘭，如雷声填填；衣袂飘然，如惊鸿一瞥。爨归王和众头人为之倾倒。阿姹与侍女们交换战鼓，迅疾如风，轻盈如柳，战鼓之声，如疾风骤雨。众人正在敛息欣赏，乐声戛然而止，阿姹与众侍女以战鼓环绕爨归王。

乌蛮王明白阿姹心意已定，平安有望，对阿姹行君臣之礼，众头人跟随他俯身下拜。

第四场　放·逐

〔数月之后。乡野草屋。〕

〔淅淅沥沥的雨声中，幕布拉起。〕

爨崇道与数随从依旧流落乡间，栖息在草屋之中。

从爨氏公子转瞬间变为朝不保夕的流民，巨大的心理落差、夺妻的屈辱与不甘，让爨崇道陷入了扭曲和仇恨。他在竹林和阴雨中翻滚、挣扎，仰望苍天陈诉他的哀怨和愤恨：为什么同是爨氏血脉，他为君，我为臣子？为什么他要抢走明月般美丽的阿姹，而把我留在着凄风冷雨与无尽黑暗之中。他疯狂地哀号着，捶打着自己受伤的心。

〔两侧出现几点微光，谋士们带着各敌对部落头人上。〕

众人看到爨崇道的扭曲和仇恨，劝他以爨公子之名，号令各部，合力对抗爨归王。

爨崇道毕竟是爨氏公子，不忍对抗家族。他也深知爨归王的能力，不敢肆意妄为，却又不忍心就这样老死乡野。

爨崇道在雨雾中挣扎徘徊。谋士和头人们带来一个青头男子，向爨崇道展示武功。青头男子随手一挥，草屋外，一棵粗壮的竹子轰然倒下。

在众头人的撺掇下，爨崇道终于下定决心。他们开始密谋共同对抗爨归王，帮爨崇道夺取权杖，登上云南王之位。爨崇道也答应分给他们部族土地、牲畜和女人。

第五场　乞·和

〔数月之后，云南王殿堂。〕

〔幕启：天幕投影为云南王殿堂。〕

〔雄浑的号角声中，两道幕布依次拉起。〕

爨归王威然坐在正中，下臣在两边肖然而立。

爨崇道带扮作小仆的青头男子走上宫殿。

〔悔当初〕

爨崇道唯唯诺诺，向叔叔讲述自己被放逐后的艰难生活，为自己当时的年少莽撞向爨归王忏悔。

爨归王大臣看到爨崇道身边的小仆一脸恶意，一再劝说爨归王，切莫相信爨崇道的谎言，赶快将他驱逐出石城。

爨崇道一再解释，自己的一时莽撞是因为在战场救下阿姹和乌蛮王，阿姹因感激，以身相许，两人私订终身。漂泊的岁月已经让他尝尽了酸楚，他愿意当面祝福阿姹，再不会因此以下犯上，触犯云南王的天威。

毕竟是血浓于水，爨归王看着侄子爨崇道犹豫不决。

〔睹物思人〕

爨崇道拿出一个荷包，回忆在爨归王膝下长大的经历。

爨归王禁不住心生悲悯。兄弟为保护自己战死，这个荷包就是兄弟的遗物，爨崇道是兄弟唯一的孩子。

一边是理智，一边是亲情，爨归王挣扎着捧着荷包，最终将爨崇道拥入怀中，原谅了他。

〔嬉戏〕

阿姹衣着华美，在侍女的护卫下上场，虽然身怀六甲，仍不失少女的灵动。她兴高采烈地做童装，眉宇间满是幸福，全部心思都是对腹中胎儿的宠溺和怜爱。

侍女抢下针线，缠住阿姹请她教她们舞刀。阿姹和侍女们情同姐妹，和侍女们嬉闹一阵，又拿起针线，缝制童装。

侍女们拿着缝好的衣服心花怒放，围着阿姹纵情欢笑，想象着孩子出生的场景，仿佛已经看到了孩子娇嫩的小手。

〔忆往昔〕

爨崇道前去祝福阿姹，爨崇道看到正在做童装的阿姹，满心悲凉。尽管怀着身孕，但阿姹仍不失当日的美丽娇艳，还有了一种坦然从容的气韵。他依旧眷恋阿姹，无法容忍阿姹成为爨归王的妻子，更无法接受她已经怀上了爨归王的孩子。

相隔数年，终于见到了曾经朝思暮想的爨崇道，阿姹也是百感交集，有眷恋，有不舍，有触不可及的悲凉，更有对对方的祝福。

爨崇道向阿姹讲述爨归王对自己的不公、流放期间遭受的痛楚，希望与阿姹重燃旧情，一起远走高飞。阿姹告诉爨崇道，物是人非，彼此都已不再是当年战场上的青葱少年。自己已是爨归王的妻子、腹中胎儿的母亲，一切都已覆水难收，他们之间再无可能。

爨崇道悲愤难耐，掩面离去。

〔痛别〕

阿姹在怜惜、内疚与责任之中挣扎，既不忍，又不安。她追出去想安慰爨崇道，却发现他正在与小仆窃窃私语，密谋筹划。

爨崇道前后不一的表现使阿妊察觉了阴谋，她急忙赶去寻找爨归王，但为时已晚。爨归王手持书卷端坐在王位上，小仆的身影一闪而过。目睹行刺的阿妊悲恸哀号，武士们闻风而至，戈剑齐举，围堵刺客。刺客与武士们交锋期间，爨归王轰然倒地。混乱中刺客逃之夭夭。

阿妊赶到爨归王身边，他已是满身鲜血，颤抖的手想再抚一次阿妊的脸却无力垂下，双目包含眷恋与担忧的爨归王在阿妊怀中失去了生命。

一切都在瞬息之间发生，阿妊悲恸不已。她在撕裂的痛楚中挣扎腾跃，一次次摔倒，又在哀痛中挣扎着跃起，如同风中飘落的树叶。侍女们闻声赶来，将蓬头散发、赤裸着身体的阿妊抬起离去，阿妊怀中抱着在悲恸中产下的幼子。

第六场　生·死

〔当日。云南王殿堂。〕

〔幕启：天幕投影为云南王殿堂。〕

〔喧嚣的乐声中，幕布依次拉起。〕

〔青龙舞〕

爨归王已死，爨崇道即将继承"云南王"的头衔。历经长久的磨难和蛰伏，终于得到了自己渴望的地位，爨崇道禁不住喜极而泣，邀约各部族头领在宫殿中欢宴，接受人们的祝贺。

爨崇道与众头人举杯畅饮，美酒、佳肴、觥筹交错；爨崇道举起权杖，跳青龙舞，表达自己蛰伏的雄心与昂然一跃的勇气，众人竞相膜拜。

爨崇道舞毕，举杯畅饮。

殿外，青头男子与武士如骤然堆积的乌云，席卷每一个角落。

〔不公〕

众人觥筹交错中，一阵婴儿的啼哭让喧嚣声戛然而止。

青头男子呼啸而来，告诉大家爨归王的遗腹子刚刚降生，孩子的母亲正是爨崇道曾经的恋人阿妊。只要这个孩子存活在世，爨崇道就永远做不了云南王。一边是权力，一边是爱情，爨崇道不得不哀叹命运的戏弄与不公。

谋士劝他立即除掉阿姹和婴儿，爨崇道略一思索，颔首示意。

〔奔逃〕

初为人母的欣喜和丧夫的哀痛，让阿姹尝到撕裂般的痛苦，她一次次站起，却悲伤昏沉，无力支撑。殿外一阵嘈杂，青头男子带武士将寝宫团团围住，火越烧越旺，眼看殿外的火光就要烧到近前。

丈夫惨死、曾经的恋人背叛，让阿姹心如死灰，她很想扑进大火一死了之，婴儿的啼哭又让她停下脚步。她扑过去抱起婴儿，在侍女的保护下，毅然闯过腾腾的烟火匆匆逃去。

尾 声 征 · 讨

〔幻与醒〕

大殿中，空无一人，爨崇道独自手持权杖，坐在王位上，借酒消愁。

爨归王已死，权位已得，爨崇道丝毫没有感觉到一丝成功的喜悦，相伴而来的是惊恐和孤独。

身处高位的爨崇道，在死寂中，时时能感受到风声鹤唳、四面楚歌。而心爱的阿姹被自己下令烧死，更让他心痛不已。唯有一杯杯浊酒在胸中滚动时带来烧灼与温暖的感觉，让他在孤独和凄惶中感到一点安慰。

大殿内，火盆燃烧，舔舐的火苗在屏风上映出晃动的影子。一杯杯浊酒饮下，爨崇道已步履蹒跚。恍惚之间，火影变成身着长袖锦衣的阿姹，依旧貌若百合，身如翠竹。爨崇道急匆匆迎上，悔恨、酸楚、爱恋与孤独奔涌而出。他双膝跪倒，表达心中深藏的痛惜眷恋之情。阿姹似乎接受了他的忏悔，盈盈浅笑，将他拥在怀中，又愤然怒目，将他推开。爨崇道一时间悲喜难辨、苦乐难分，不知这场景是梦是醒，也不知阿姹是温柔如水的恋人，还是嗜血索命的厉鬼。他一会儿仓皇逃窜，一会儿又痛诉衷肠。

一阵战鼓响，唤醒梦中人。爨崇道倏然醒来，看到了目眼前的阿姹。阿姹哪里是长袖锦衣，分明是一身带血的战袍。

爨氏旧部和乌蛮队伍前来讨伐。爨崇道自知无法应对，急忙跪地向阿姹求援。

一阵追杀声，两个侍女带兵将青头男子等人悉数消灭殆尽。乌蛮及爨归王队伍赶到，阿姹抽出当年爨崇道在战场上送她的匕首，将抖作一团的爨崇道捅死在地。

侍女抱来幼子，阿姹敛容站起。

阿姹扔掉匕首，脱掉带血的战袍，露出一身素服。

阿姹动情地接过幼子。

在一片血腥中，一身素服的阿姹，怀抱幼子登上王位，接受众人的跪拜。

话剧《松林驿》

〔幕闭〕

〔鸡鸣声〕

〔鸡鸣唤醒了晨曦，光起，幕起，布景上是古风浓郁的松林村魁星阁，道具为舞台一角的一段古老的城墙。〕

〔各种声音在晨曦中渐次响起。清嗓子声、山歌声、狗吠声、喊吃饭声、道别声、摩托车发动的轰鸣声，由一两辆，到几十辆……〕

〔一辆辆摩托车呼啸着从魁星阁前呼啸而过，骑士们个个精神抖擞。〕

〔背景音：（童声吟唱）松林村，松林驿，我的家乡最美丽；沧桑古韵魁星阁，满山青松杨梅绿；一潭碧波映绿水，四个牌坊镇古驿；十二属相定集日，五尺古道达通衢；千户人家百家姓，亲如兄弟敬比邻；南来行人北往客，最是喜爱是松林。〕

〔童谣山歌的吟唱中，孩童们欢快地举着风车，相互追逐着，从街头穿过，随后又欢快地跑过斜坡，爬到古城墙。〕

〔舞台前区光渐暗，后区灯亮。〕

〔暖橘色的朝阳洒在古城墙，也为孩子们的脸颊染上了金色的光晕。〕

男 孩 甲　咱松林可真好看啊！
女 孩 甲　不对，不是好看。
男 孩 乙：你说松林不好看？
女 孩 甲　不是好看，是美！

男 孩 甲　美不就是好看？
女 孩 甲　美是比好看还好看。
男 孩 甲　那……漂亮呢？
女 孩 甲　好看和漂亮都不如美。
男 孩 甲　瞎说。
女 孩 甲　这是老师说的，你上课肯定又打瞌睡了。
男 孩 甲　没有。
女 孩 甲　哼。
男 孩 甲　美，听你的还不行？
女 孩 甲　这还差不多。
男 孩 甲　咱松林可真美啊！
女 孩 甲　嗯。

〔男孩和女孩们痴迷地看着晨曦下的村落、杨梅山、魁星阁……〕

〔老者走上古城墙，在不远处看着孩子们微笑。〕

女 孩 乙　你看我家的花格窗多好看。不对，是美。在这儿都能看到。
女 孩 丙　我家的入户门头更好看，是雕花的，莲花。
男 孩 丙　我家的落鹊台才漂亮。
孩 子 们　我家的美，我家的好看，我家的才漂亮……

〔男孩女孩们叽叽喳喳争执着，跳着脚比拼谁家更美。〕

老　　者　好啦，好啦，都美，都漂亮，都好看。
孩 子 们　不行，不行。爷爷你来评评理，到底谁家的最美、最漂亮？

〔老者将孩子们拥在身边，微笑着挨个抚摸他们的头发。〕

老　　者　哈哈哈哈，你家美，他家美，她家也漂亮。
孩 子 们　不行，不行。爷爷你一定得评评。
老　　者　你们不是一直想听爷爷讲故事吗？还听不听？
孩 子 们　听，想听……
老　　者　你们知道咱松林的房子为啥都那么好看，又那么不一样吗？

〔孩子们摇头。〕

老　　　者　　咱松林还有一个名字叫松林驿，你们知道为啥吗？

〔孩子们摇头。〕

老　　　者　　这个故事啊很长很长，坐下，都坐下。让爷爷给你们讲讲咱松林的事。

孩 子 们　　好啊，好啊！

老　　　者　　那是 2000 多年以前，我爷爷的爷爷的爷爷都还没有出生，有一个国家叫秦国，秦国的皇帝让人修了一条五尺道，一直通到了咱松林。从那天起啊，咱这儿可就热闹起来了。

〔舞台前区灯光亮。后区灯光渐暗。〕

〔秦国装束的武士一队队上场，持长戟昂然前行，走过五尺道。〕

〔商队迤逦而来，驼铃、马队、轿夫、背山人……人们依次走来，有人继续前行，有人停下来休息，有人开始摆起摊位开始叫卖食物，有人停下来吃饭。〕

〔舞台后区灯光渐亮，老者和孩子们看着热闹的舞台前区。〕

男 孩 甲　　爷爷，这就是咱们的祖先吗？

老　　　者　　是啊，从天南海北来的人们喜欢上了杨梅山，喜欢上了漫山遍野的青松树，他们啊就留了下来。盖起房子，安了身，落了脚。咱这里就有了村子，也有了名字，叫松林。

女 孩 甲　　怪不得咱这儿这么好看，他们可真勤劳啊！

老　　　者　　是啊，他们种田植树，开挖沟渠，松林变成了一个美丽繁荣的村镇，可是有人不乐意了。

男 孩 甲　　谁不乐意啊？他为啥不乐意啊？

老　　　者　　是啊，他们为啥不乐意啊？

〔舞台后区灯光渐暗。〕

〔松林先民们正在安宁地生活，人们彬彬有礼，有的在做生意，有的带着农具相约着去农田劳作。女人们在街头晾晒着粮食。〕

〔突然一阵嘈杂，一队土匪装束的人飞奔而来，冲进松林古镇。土匪们一哄而上，抢夺人们的财产。〕

〔突如其来的变故让人们感到震惊，他们急忙阻拦土匪，保护自己的财产。然而土匪们并不罢手，对人们拳打脚踢，将大家的财产洗劫一空，扬长而去。〕

〔松林的先民们悲伤地收拾着被洗劫一空的摊位，努力忍住悲愤，相互安抚着，开始重新收拾家园。〕

〔还没容他们有片刻喘息，另一队兵丁又冲了上来抢劫，这群兵丁还没有离开，又一群土匪出现了，他们不仅抢走了先民们的食物，还抢走了他们的妻子和女儿。〕

〔老族长走到大家面前，安抚着痛苦的先民们。〕

先 民 甲　一代代过去了，无论我们多么勤劳，多么努力，都没法逃脱被抢劫的命运。这是什么命啊？

先 民 乙　我们的粮食被抢走了，妻子和女儿也被抢走了，我们怎么办？我们要忍到什么时候？

先 民 丙　我们这么苦，有什么用？要不，我们走吧，各自回祖先的故乡。

老 族 长　走，故乡在哪里啊？你的故乡在南方，据说是能吹到海风的地方。你的故乡在北方，据说终年下着一米多厚的雪；你的故乡在山上，漫山的石头，寸草不生；还有你、你，还有你……你们说得清故乡的名字吗？你们还记得故乡的模样吗？我们的祖先世世代代就生活在松林，松林是我们的家啊！你们舍得抛下自己的家？

众 先 民　谁舍得啊！

老 族 长　那就拿起刀、拿起枪，建起城墙，护好咱的家啊！

众 先 民　对啊。咱再也不能忍了。

老 族 长　那还等什么？

众 先 民　对啊，不等了。

老 族 长　男人们，拿起武器、拿起工具，保护你们的妻子儿女，保护你们的家吧！

众 先 民　好！

〔众人分两侧下场。〕

老 族 长　谁都别想抢走我们的家！

〔音乐起，众人持工具上，在老族长带领下，开始跳劳动的舞蹈。音乐和舞蹈动作都越来越雄壮，这不仅是劳动的舞蹈，也是战斗的舞蹈、与命运抗争的舞蹈。〕

〔一队土匪袭来，先民们同仇敌忾将他们打了回去。大家欢快地跳起了胜利的舞蹈。〕

〔舞台后区灯光渐亮。孩子们依旧在专心地听老者讲故事。〕

女 孩 甲　爷爷，后来城墙建好了吗？

老　　者　建好了，又高又厚，强盗再也进不来了。

孩 子 们　哦，那就好了，这样咱松林就安全了。

老　　者　是啊，有了城墙就安全了。可是，如果这城墙像爷爷一样会变老，那可怎么办啊？

男 孩 甲　爷爷，不对。城墙又不是人，又没有头发，怎么会变老？

老　　者　是啊，城墙不是人，可岁月无情啊，有一天，它还是老了……

〔老者指指舞台前区，孩子们看向前方。〕

〔舞台前区灯亮。〕

〔人们都换上了民国的发式和服装，他们依旧没有改变辛勤的习惯，依旧在田间劳作、在街头叫卖、在家中忙碌。〕

〔画外音：炮声、爆炸声……〕

〔一阵阵炮声、爆炸声打破了原有的安宁，舞台上一阵烟雾过后，一个军阀头子模样的人带着一支队伍走上街道，走向人们。〕

〔军阀头子拍打着帽子上的尘土，斜视着吓坏了的松林村民，他从小摊上拿起一条猪腿，狠狠地咬了一口，然后一挥手，士兵们一哄而上，开始哄抢村民们的财物。一个女孩被拖走，女孩的母亲不肯放手，一直拖着女儿的手追到台口，被军阀头子一枪打死。〕

〔一个士兵点燃房屋，人们痛苦地挣扎着、哭泣着、呐喊着。〕

军阀头子　让你们不开城门，这破城墙能挡得住老子的炮弹和炸药？从今以后松林就是老子的了，你们都是我的奴隶，好吃的、好喝的、好玩儿的，都是老子的，哈哈哈哈哈哈。

〔在军阀的狞笑声、叫骂声中，掺杂着百姓的哀号和啜泣声。〕

〔舞台前区灯渐暗。〕

〔舞台后区，孩子们紧张地抱紧爷爷。〕

男 孩 甲　爷爷，为什么不打？凭什么让他们欺负？
老　　者　城墙老了，挡不住炮弹和炸药啊！
女 孩 乙　爷爷，那怎么办啊？难道就这样让他们毁了我们的家？
女 孩 丙　是啊爷爷，那可怎么办？
老　　者　就这样过了一年又一年，原本繁荣的松林越来越衰落，人们苦挨着岁月，就像被荒草湮没的五尺道。

〔孩子们抽泣起来。〕

老　　者　别哭，孩子们别哭。你们看，那是1936年4月3日，是咱松林最大的集日。就在那一天，红军来了，松林的救星来了。

〔舞台后区灯渐暗，舞台前区灯亮。〕

〔商铺都破破烂烂，沿街叫卖的百姓和居民也衣衫褴褛。〕

〔士兵们依旧在抢劫商铺，拿走了一位年迈的老太太最后的粮食，老人扯着口袋不舍得放手，士兵们对老人拳打脚踢，周围的人们也敢怒而不敢言。〕

〔画外音：（冲锋号）〕

〔一支身着破旧军服的红军队伍冲进松林，枪林弹雨中，

161

〔不断有人倒下，更多的战士奋勇向前。〕

〔摧残百姓的军阀被打跑打死，红军终于站到了松林街头。〕

〔百姓看到新来的军队，依旧战战兢兢，大家跑来跑去，一片混乱。〕

军　　官　乡亲们！不要害怕，我们是中国工农红军，是北上抗日的队伍，只打土豪劣绅，一切为人民谋利益。请大家不要惊慌，照常赶街，安心做买卖。

〔百姓依旧非常害怕，相互对视着却不敢多言，跌跌撞撞地急忙重新摆设摊子，小心翼翼地观察这支队伍。〕

〔红军们依次上前，在几个摊位前选购布匹和粮食。一位红军刚刚拿起布，摊主一下子跌倒在地。〕

村民甲　老总，别打，你拿走吧，都拿走吧。

战　　士　大爷，我还没给您钱，怎么能拿走呢？

村民甲　老总，不要钱，不敢要钱。

战　　士　大爷，我不是老总，我是红军。

〔红军战士扶起村民甲，扶他坐在凳子上。军官走上前。〕

军　　官　对，大爷，我们是红军，不欺负老百姓的部队。咱红军主张买卖公平，绝对不能让老百姓吃亏。大爷，这些布，我们买下了，钱，您一定要拿。

〔村民甲战战兢兢捧着钱，简直不敢相信自己的眼睛。周围的村民也窃窃私语。〕

村民乙　松林来过不知道多少军队，拿了咱多少东西，哪一回给过钱？

众村民　是啊。

村民甲　这回是真的，你们看，是银圆啊！

众村民　是啊。我们真的可以收钱。

军　　官　当然可以。我们是人民的武装，就是要为大家谋福利，不仅要保护大家，还要开仓放粮，让大家不再忍饥挨饿。

〔众村民面面相觑。〕

〔红军士兵们有的挑水,有的扛柴,有的打扫。〕

〔一队红军扛着一袋袋粮食走向舞台,将粮食分给百姓,人们疑虑的表情慢慢变成了喜悦,大家一片沸腾,激动地奔走相告。〕

〔人们激动地跳起舞来,舞蹈越来越欢快,村民们把挑着水、扛着柴、拎着扫把的红军也拉进了舞蹈的行列。〕

〔老太太走到一个小战士身边,拉起他的衣袖,为他缝补衣裳。〕

老 太 太　娃啊,鞋子也破了,快脱下来,让奶奶帮你补好。

小 战 士　奶奶,我自己会……

老 太 太　孩子,你们还要走好远的路。

小 战 士　奶奶,你穿得太单薄,天这么凉。

老 太 太　不怕,等你们打了胜仗,他们就不敢再来松林抢劫,到那时奶奶就有厚衣裳穿了。

小 战 士　奶奶,我们一定会打败他们的。

老 太 太　嗯,奶奶相信,奶奶等你们回来。

〔老太太笑眯眯地为小战士补衣服,小战士悄悄脱下一件破旧的背心,连同粮食袋一起放在老太太的背筐里。〕

〔舞台前区灯光渐暗。〕

〔画外音:(军号)〕

〔舞台前区灯光再次亮起。〕

〔红军队伍迈着整齐的脚步排队出城。〕

军　　官　大家保持安静,不要吵扰了居民的睡眠。

〔队伍整齐向前,一阵嘈杂声响起,一队百姓迎上来。百姓端着鸡蛋、苹果前来相送。〕

村 民 甲　老总,不,红军,你们这是到哪里去啊?你们留下吧,咱松林虽然穷,也不会让你们饿肚子。

军　　官	大爷，您的心意我们领了，可我们还要北上，去打日本鬼子。
村 民 甲	孩子，你们要早点回来啊。松林永远欢迎你们。

〔军官与众村民挥手告别。〕

〔队伍一直向前，循环着走过舞台。〕

〔众村民依依不舍地挥手告别。〕

〔村民乙飞奔而出，与若有所思的村民甲撞在一起。〕

村 民 甲	你慌慌张张的干啥？
村 民 乙	我要跟着他们，我也要当红军。
村 民 甲	你……你说，我能不能当？
村 民 乙	你……不行吧。
村 民 甲	怎么不行，嫌我老？我结实着呢！拿不了枪，我总还能给孩子们带个路。
村 民 乙	我也能带路，你就别去了。
村 民 甲	我可是挖过药、打过猎的，打鬼子多一个人，总能多一份力，我老头子也要打鬼子去。
村 民 乙	行，那咱快走。咱松林人哪个都不是孬种。

〔村民甲和村民乙相携前行。〕

〔舞台前区灯光暗。〕

〔舞台后区灯光全亮。布景换为英雄纪念碑。〕

〔孩子们依旧着迷地围着爷爷。爷爷捶着腰欲起身离开。〕

爷　　爷	今天的故事讲完了，爷爷要回家喂牛啦。
男 孩 甲	爷爷，后来呢，你再讲讲吧。
众 孩 子	是啊，爷爷，再讲讲吧。
爷　　爷	后来，后来你们都知道了啊，红军打跑了坏人，建立了新中国，咱们过上了好日子，松林越来越美了。
女 孩 甲	爷爷，红军回来了吗？
爷　　爷	红军一直就在松林啊，他们的队伍走了，但他们的精神

|||从来都没有离开。孩子们，看看咱们的纪念碑，记住这些为我们奋勇杀敌的前辈吧！
众 孩 子|爷爷，我们记住了。

〔爷爷起身，和孩子们一起看向布景上的纪念碑。爷爷行军礼，孩子们行少先队礼。〕

〔片尾曲中〕

〔光暗〕

〔幕落〕

（剧终）